Ansgar Fabri

Cretaceous-Zone

AF146094

ANSGAR FABRI

CRETACEOUS-ZONE

Prähistorische Spezies

WISSENSCHAFTSTHRILLER

TWENTYSIX

Bibliografische Information der Deutschen Nationalbibliothek: Die Deutsche Nationalbibliothek verzeichnet diese Publikation in der Deutschen Nationalbibliografie; detaillierte bibliografische Daten sind im Internet über dnb.d-nb.de abrufbar.

TWENTYSIX
Eine Marke der Books on Demand GmbH

Herstellung und Verlag:
BoD – Books on Demand, Norderstedt

Grafiken Seite 11, 28, 34, 42, 51, 25, 57, 65, 78, 86, 92, 100, 107, 120, 132, 137, 147: pixabay

Covergestaltung: Germancreative-Fiverr

ISBN: 9783740783570

Für meinen wunderbaren Sohn Noah –
der jetzt schon Dinosaurier so sehr mag wie ich.

„Unsere Selbstgefälligkeit vertraut der Gutartigkeit der Natur. Unsere Arroganz lässt uns glauben, wir seien vom natürlichen Wettbewerb ausgenommen. Aber die größte Bedrohung unserer Vorherrschaft geht, abgesehen von unseren eigenen Artgenossen, von den Kleinstlebewesen aus: den Viren, Bakterien und Parasiten. Sie sind eine permanente Gefahr für unser Fortbestehen."

Joshua Lederberg
(Molekularbiologe, Genetiker und Nobelpreisträger)

Prolog

Von dem, was der Soldat Jac Ducan an diesem Tag erlebte, hätte er sicher noch nach Jahrzehnten seinen Enkeln erzählt. Es wäre eine jener Geschichten gewesen, die Kinder immer wieder hören wollten, obwohl sie sie nicht glauben konnten, aber dennoch ängstigte.

Doch Ducan wusste, dass dies niemals passieren würde, auch wenn er lange genug überleben würde, um jemals Großvater zu werden. Selbst für das Militär hatte er ungewöhnlich viele Verschwiegenheitserklärungen unterschreiben müssen, die ihm langjährige Gefängnisstrafen androhten, sollte er gegen die Vereinbarungen verstoßen. Umso größer war seine Neugier darauf, was ihn und die anderen Rekruten an diesem Morgen in dem fensterlosen Betonbau erwartete, der versteckt in einem Kiefernwald auf einem weitläufigen Militärgelände lag. Auf der Fahrt in dem gepanzerten Truppentransporter hierher hatte Ducan 19 Kameraden auf den Sitzbänken gezählt. Wenn er den Gerüchten Glauben schenkte, würde mindestens die Hälfte der Soldaten den Betonbau freiwillig vorzeitig verlassen und die vorgesehene Weiterbildung nicht absolvieren.

Mit einem Summen teilte sich die schwere Metalltür zu dem Gebäude, sie traten ein und folgten dem mit schwarz-gelben Streifen markierten Weg durch den düsteren Bau. Ein anderer Soldat stieß ihm leicht in die Seite und raunte: „Lass mich raten: Du bist Biologe." Irritiert blickte Ducan seinen Kameraden an: *„Wes Taggert"* stand auf dessen Namensschild auf der Brusttasche seiner Uniform.

Ducan nickte. „Mit Masterabschluss", antwortete er lakonisch und blickte wieder nach vorn. Sie gingen auf eine Sicherheitsschleuse aus zwei hohen Gittertüren zu, wie Ducan sie in einem Hochsicherheitsgefängnis erwartet hätte. Ungefragt fuhr Taggert fort: „Ich habe eine Gabe dafür zu erkennen, wer, was studiert hat. Ich bin übrigens Meteorologe. Fast alle hier haben studiert. Die meisten Naturwissenschaften. Du bist der *sechste* Biologe hier."

Hinter ihnen schloss sich die Gittertür, die vor ihnen öffnete sich. „Du hast sie *alle* gefragt?", wollte Ducan wissen. Taggert zuckte mit den Schultern. „Klar!"

Ducans Stirn legte sich in Falten. „Findest du nicht, dass du für einen Soldaten ziemlich viele Fragen stellst?"

Taggerts Gegenfrage traf Ducan wie ein Schlag: „Fragst *du* dich denn nicht auch, warum etwa 90 Prozent der Soldaten, die vor uns diese Weiterbildung absolviert haben, tot sind oder als vermisst gelten?"

Sie erreichten eine Panzerglasscheibe in einer Betonwand, die Ducan an ein Haifischbecken erinnerte, das er als Kind in einem Zoo gesehen hatte, doch jenseits der dicken Scheibe stand kein Wasser. Stattdessen wucherten meterhohe Farne in dem Raum, dessen Größe sie unmöglich einschätzen konnten.

Ein weißhaariger Mann, den Ducan an der Uniform und den Reihen bunter Abzeichen darauf als General identifizierte, erklomm die Stufen, die zu einer kleinen Plattform neben der Panzerglasscheibe führten. Er stützte sich auf ein Metallgeländer und ließ kurz den Blick über die Rekruten wandern.

„Ich bin General O'Brix und für die streng geheimen Einsätze verantwortlich, die Sie hoffentlich nur sehr selten ausführen müssen", begann der Weißhaarige und kam ohne Umschweife zur Sache: „Wir zeigen Ihnen gleich ein Tier, das wir gefangen haben. Nach der Ausbildung wird es Ihre Aufgabe sein, solche und ähnliche Kreaturen zu finden und unschädlich zu machen. Sagen Sie mir gleich, was das Ihrer Meinung nach für eine Spezies ist."

Vermutlich aus einer Dachklappe geworfen, fiel etwas längliches Grünes zwischen Farn und Glasscheibe, durch die die Soldaten irritiert blickten. Jac Ducan erkannte eine südostasiatische Peitschennatter, die züngelnd an der Glaswand entlangglitt. Einmal hatte er im Studium beobachtet, wie so eine Schlange geduldig auf Beute gelauert hatte und dann blitzschnell eine Echse gepackt, getötet und gefressen hatte.

„Wir sollen Schlangen jagen?", fragte ein Rekrut hinter Ducan. O'Brix antwortete nicht, er blickte ernst auf die Schlange. Es dauerte weniger als zehn Sekunden, bis aus den Farnen ein etwa menschengroßes Reptil schnellte – eines, das auf den Hinterbeinen lief und mit seiner langen Schnauze voller spitzer Zähne die Schlange packte, sie herumwirbelte und mit Klauen an den Reptilienhänden zerfetzte.

Viele zuckten bei der Attacke zusammen. Alle verzogen die Gesichter, als das zweibeinige Reptil mit dem langen Hals die Schlange verschlang.

„Was ist das?", fragte O'Brix in die atemlose Stille. „Das kann doch nicht sein!", stammelte jemand. „Das ist keine Antwort auf meine Frage!"

Stille.

„Aber das sieht ja aus wie ein *Dinosaurier*!", traute sich Taggert das auszusprechen, was wohl alle längst dachten. Von der Schlange waren nur einige Blutspritzer auf der Panzerglasscheibe geblieben, die zweibeinige Echse verschwand lautlos in der Vegetation. Der Spuk war vorbei.

Ducans naturwissenschaftlicher Verstand lief auf Hochtouren. „Wie kann das denn sein?", traute er sich schließlich laut zu fragen.

Zum ersten Mal verzog O'Brix das Gesicht zu einem Lächeln, doch es wirkte freudlos, müde. „Meine Erklärungen werden bei Ihnen Stirnrunzeln und skeptische Blicke hervorrufen. Besonders Rekruten mit naturwissenschaftlichem Hintergrund tun sich schwer, das anzunehmen", begann er. Dann: „Das kann ich gut verstehen. Sehr wahrscheinlich werden die heutigen Erklärungen schon in wenigen Jahren überholt sein. Oder zumindest ergänzt oder verfeinert. Aber mit Sicherheit wird es auch dann noch schwer zu glauben sein."

Hinter O'Brix senkte sich ein Bildschirm von zwei Meter Höhe und 2,70 Meter Breite herab. Doch Ducan fiel es schwer, den Blick von dem Fenster zu nehmen und sich zu konzentrieren, selbst als wurmförmige Gebilde auf dem Bildschirm aufleuchteten, die er als Mikroskopaufnahmen von Viren erkannte.

„Was wir wissen?", fuhr O'Brix fort und trat einen Schritt zur Seite, um den Blick auf die Aufnahmen freizugeben. „Es existiert ein sehr altes Virus, das bei infizierten Tieren zu extremen Veränderungen der Genetik und Anatomie führt. Es entstehen so aber keine monströsen Mutanten. Nein, die Natur weicht gewissermaßen auf eine alternative Form aus. Der befallene Organismus gleicht sich notgedrungen einem ähnlichen Organismus an. So haben wir viel über Verwandtschaften von Arten und bislang unbemerkte Ähnlichkeiten gelernt."

Atemlos hörte Ducan zu. Er versuchte, das Gehörte mit dem im Studium Gelernten in Einklang zu bringen. Verblüfft schüttelte er den Kopf, als O'Brix weiterdozierte:

„Bis heute sind offenbar viele Gene in Reptilien erhalten, die eine direkte Verwandtschaft mit bestimmten Dinosauriergattungen nahelegen. Längst wissen wir, dass es auch bei Vögeln so ist. Eine Infektion mit dem Virus aktiviert alte Gene beziehungsweise zwingt die DNA zu einem Umbau. Das führt bei einigen Spezies zur besagten Angleichung mit einer verwandten oder ähnlichen Spezies. Wir müssen berücksichtigen, dass derzeit 11.440 Reptilienarten auf dem Planeten leben. Bei den Vogelarten ist es noch komplizierter: Wendet man das phylogenetische Artkonzept an, zählen wir etwa 18.000 Vogelarten, die auf allen Kontinenten leben. Wie viele prähistorische ,Ziel-Spezies' denkbar sind, können wir noch gar nicht abschätzen.

Wissenschaftler vermuten, dass es etwa 3.400 Dinosauriergattungen gegeben haben könnte. Oft bilden sich bei den infizierten Tieren sonst unscheinbare Körperteile stärker aus. Oder es entwickeln sich sogar neue, wie Hornkämme, Hautpanzer oder gar Hörner. In jedem Fall wachsen die Tiere, und wir sprechen hier nicht selten von Verdoppelungen oder gar Verdreifachungen der Körpermasse." O'Brix schwieg einen Moment und ließ das Gesagte auf die Soldaten wirken.

„Was das bedeutet, können Sie sich vorstellen, wenn Sie sich bewusst machen, dass ein Afrikanischer Strauß bis zu 2,8 Meter hoch werden kann. Ein männlicher Komodowaran misst von der Schnauze bis zur Schwanzspitze 2,6 Meter und bringt bis zu 91 Kilogramm auf die Waage. Einige Krokodile erreichen bis zu sechs Meter Länge!", erklärte er, während hinter ihm auf dem Bildschirm Bilder der verschiedenen Tiere abliefen.

„Die Reihe der Tiere, die bei einer Infektion mit dem Virus ein ernsthaftes Problem darstellen, lässt sich leicht fortsetzen: Raubvögel wie Kondore mit Spannweiten von etwa drei Metern oder Uhus mit ihrer Körperhöhe von 70 Zentimetern und 180 Zentimetern Spannweite", fuhr O'Brix fort. „Von Helmkasuaren, einer 1,70 Meter hohen Vogelart mit groteskem, helmartigem Horngewebe auf dem Schädel, weiß man, dass sie Menschen töten können und es auch durchaus tun. Wer von ihrer dolchartigen, 12 Zentimeter langen Mittelkralle getroffen wird, kann leicht verbluten. Man stelle sich vor, was das Virus bei so einem Laufvogel anrichten kann. Aber auch von Reptilien mit einer Länge von etwa siebzig Zentimetern, wie Stirnlappenbasilisken, geht nach einer Genomangleichung eine beachtliche Gefahr aus." O'Brix blickte in die Runde. „Wenn Sie Fragen haben, schießen Sie los!", forderte er die Soldaten auf.

„Was ist, wenn sich Menschen infizieren?", fragte Ducan.

O'Brix nickte langsam, dann erklärte er: „Diese ‚Genomangleichungen' sind offenbar lebenserhaltend. Denn: Andere Organismen sterben, wenn sie infiziert sind und keine biologische Ausweichmöglichkeit besteht. So wie beim Menschen. Ein Mensch, der sich mit dem Virus infiziert, wird spätestens zwei Wochen nach Ausbruch der Krankheit in einem sterilen Leichensack entsorgt. – Zumindest, wenn es sich um ‚Typ A' des Erregers handelt. ‚Typ B' führt bei Tieren zu den gleichen Effekten, ist aber nicht auf den Menschen übertragbar."

„Was ist über das Virus selbst bekannt?", wollte Taggert wissen.

18

„Bei allen Unklarheiten fanden unsere Wissenschaftler heraus, dass das Virus – trotz seiner einzigartigen Auswirkungen auf befallene Organismen – den typischen Aufbau eines Virus aufweist", antwortete O'Brix. „Es besteht aus einer Eiweißhülle, die die Erbinformation enthält. Es gehört zu jenen Viren, die statt einer Desoxyribonukleinsäure, also DNA, eine RNA, eben eine Ribonukleinsäure besitzen. Während kleinere Viren zum Teil nur vier Gene besitzen, zählt dieses zu den größeren Viren und verfügt über immerhin mehrere hundert Gene. Wie allen Viren fehlt ihm ein eigener Stoffwechsel, und es ist unfähig, ohne fremde Hilfe zu überleben oder fruchtbare Nachkommen zu zeugen, weshalb es sich außerhalb der Definition des Begriffs ‚Leben' befindet."

„Wo kommt das Virus her?", schob Ducan seine nächste Frage nach.

„Das wissen wir nicht", gab O'Brix zu. „Was wir aber wissen: Das besagte Virus ist höchstwahrscheinlich sehr alt. Vermutlich existiert es seit etwa 145 bis 66 Millionen Jahren und stammt somit aus der Kreidezeit, der letzten Periode des Mesozoikums. Deswegen haben wir es ‚*Cretaceous-Virus*', also Kreidezeit-Virus genannt."

Es ist schon fast kurios, dachte Ducan: Ein Virus aus der Kreidezeit stellt diese Epoche teilweise wieder her.

O'Brix fuhr fort: „Unsere Aufgabe ist es, die Ausbreitung des Virus frühzeitig zu erkennen und einzudämmen. Wenn es bereits zu Genomangleichungen gekommen ist, müssen wir uns um die Tiere kümmern. Das Tier, das Sie von der Existenz dieser Urwelt in der Gegenwart überzeugen sollte, ist ein *Coelophysis*, ein flinker Raubsaurier aus der Triasperiode. Diese Spezies ist somit sogar älter als das Virus, denn die Trias und Kreidezeit wurden durch die Millionen Jahre des Juras getrennt."

„Halten Sie noch mehr von denen irgendwo gefangen?", fragte jemand.

O'Brix schüttelte den Kopf. „Dieser Coelophysis ist das einzige Tier, das wir behalten haben. Ich wäre dafür, es auch zu töten. Aber wir glauben, in der ersten Phase der Ausbildung ist der Kontakt mit einem lebenden Dinosaurier unumgänglich. Alles andere wäre abstrakt, unbegreiflich. Das Tier ist mit seinen etwa zwei Metern Länge noch recht gut zu kontrollieren. Es gibt bedeutend größere Spezies, mit denen wir es zu tun haben, doch dazu erfahren Sie im Laufe der Ausbildung mehr, wenn Sie bereit sind, diese weiterhin zu absolvieren. Ich weiß, das kann alles sehr schockierend sein, und noch haben Sie die Gelegenheit, hier abzubrechen und zu gehen."

Ein Raunen ging durch den Raum. Dann hörte Ducan, wie eine Tür geöffnet wurde. Die Ersten stiegen aus. O'Brix folgte ihnen mit Blicken, er schien nicht überrascht. „Es geht nicht um Eidechsen, die gelernt haben, auf den Hinterläufen zu gehen. Es *sind* Dinosaurier. Und nichts in unserem Leben kann uns auf den Kontakt mit diesen Geschöpfen wirklich vorbereiten", stellte er klar.

„Wie suchen Sie nach Infektionsclustern?", fragte jemand.

Hinter O'Brix wich die Mikroskopaufnahme dem Foto eines Waldes. „Wir fokussieren uns auf Lebensräume, in denen es viele Tiere gibt, die nach unserem Kenntnisstand für eine Genomangleichung anfällig sind. Das sind natürliche Lebensräume, aber auch künstliche wie Zoos, Reptilienfarmen, Forschungseinrichtungen oder Ähnliches", begann O'Brix. „ Der zweite Aspekt: die Pflanzenwelt." Er zeigte auf den Bildschirm. „Wenn es zu einer Genomangleichung gekommen ist, ziehen sich die Tiere in eine Umwelt zurück, die ihren Bedürfnissen entspricht. Bei einem Dinosaurier ist das eine Landschaft, die möglichst der vor einigen Millionen Jahren entspricht. Gras interessiert die meisten nicht, da es erst seit der ‚höchsten Oberkreide' existiert, und offenbar können viele pflanzenfressende Dinosaurier es auch nicht verdauen.

Es stört sie aber auch nicht, was es nicht einfacher macht, die Regionen einzugrenzen."

Auf dem Bildschirm wechselten nun in schneller Folge die Bilder: Farne, Ginko, Schachtelhalme, Flechten und Moos. „All das sind Pflanzen, die bereits zur Zeit der Dinosaurier ergrünten", erklärte O'Brix. Weitere Bilder: Birken, Buchen, Eichen, Ahornbäume, Tannen und Platanen. „Sie alle wachsen seit der Kreidezeit auf der Erde. Inzwischen wissen wir: Diese Fauna eignet sich als Lebensraum für genomangeglichene Dinosaurier in gemäßigten Zonen", erläuterte O'Brix.

„Wie geht es weiter, wenn Sie erfahren, dass es passiert ist?", fragte jemand.

„Wenn wir wissen, dass es in einem Gebiet einen oder gar mehrere Dinosaurier gibt, riegeln wir das Areal großräumig ab", antwortete O'Brix. „Die Menschen dort werden unter Quarantäne gestellt und medizinisch untersucht. Wir errichten in kürzester Zeit eine Infrastruktur: ein mobiles Hauptquartier und Labor außerhalb der Zone und einige Container, sogenannte ‚Depots', mit Ausstattung innerhalb der Zone."

„Was ist unser Job?", wollte ein Anderer wissen. „Wir schicken ein militärisches Team, das die besagte Ausbildung absolviert hat, in das Gebiet. Das ist aber kein Killerkommando, das die Tiere so schnell wie möglich erlegen soll, sondern eine Spezialtruppe, die dieses komplexe biologische Phänomen zuvor beobachten und erforschen soll", stellte O'Brix klar. Wieder verließen einige Rekruten den Raum.

„Wir benötigen Daten und Erfahrungen, sonst werden wir auf Dauer dieser Gefahr nicht gewachsen sein", erläuterte O'Brix. „Eine solche Zone, in der Trias-, Jura- oder Kreidezeitverhältnisse herrschen und prähistorische Spezies leben, nennen wir pauschal *„Cretaceous-Zone"*.

Ein erneutes Raunen ging durch den Raum.

„Wie lange dauert die Zusatzausbildung", fragte Taggert.

Zum ersten Mal bemerkte Ducan einen Anflug von Unsicherheit im Gesicht des Generals, als der sagt: „Das meiste, was Sie können müssen, haben Sie bereits im Rahmen ihrer bisherigen Ausbildung und in Einsätzen gelernt. Außerdem haben wir viele von Ihnen aufgrund Ihres naturwissenschaftlichen Hintergrunds ausgewählt. Wir werden es in diesem Fall auf ein paar Theorieblöcke beschränken müssen."

Ducan und Taggert wechselten irritierte Blicke. Hinter O'Brix erschien eine Satellitenaufnahme eines Gebäudes, das sich offenbar in einem Wald befand. „Sie sehen das kanadische Charles-H.-Sternberg-Institut", erläuterte O'Brix. „Dort ist das Virus ausgebrochen. Wir gehen davon aus, dass es der für Menschen ungefährliche Typ B des Virus ist. Dieses Institut hat sich auf die Erforschung der Verwandtschaftsverhältnisse von heute lebenden Tieren und Dinosauriern spezialisiert."

Ducan schluckte schwer, als ihm dämmerte, was das bedeuten konnte.

„Die Forschungseinrichtung trug in unserem System den Vermerk *Extrem hohes Risiko*, und viele sprachen von einer tickenden Zeitbombe. Doch diese Cretaceous-Zone bietet auch große Chancen: Es sind Wissenschaftler vor Ort, die sich mit Dinosauriern auskennen."

„Sollten die Zivilisten dort nicht besser evakuiert werden?", fragte jemand zögerlich.

„Haben Sie mal versucht, einen Paläontologen wegzuschaffen, der die Chance wittert, einen lebenden Dinosaurier zu beobachten?", gab O'Brix zurück. „Wir werden denen anbieten, in einem Militärkrankenhaus in Quarantäne zu gehen. Aber ich sage Ihnen voraus, was passieren wird: Diese Wissenschaftler werden Ihnen versichern, dass sie dafür sterben würden, einen Dinosaurier zu sehen. Auch wenn wir sie darauf hinweisen, dass dies durchaus realistisch ist, bleiben die da." O'Brix

24

zuckte die Schultern. „Die müssen sich darüber klar sein, dass sie erst gerettet werden können, wenn die Mission erfüllt und die Quarantänezeit beendet ist."

„Woher wissen Sie, dass es dort zu Genomanglei- chungen gekommen ist?", fragte Taggert.

„Lassen Sie mich so antworten", begann O'Brix. „Für gewöhnlich läuft das Szenario immer ähnlich ab. Wenn beispielsweise in einem Zoo innerhalb weniger Tage ein Afrikanischer Strauß die Federn verliert und darunter plötzlich grünliche Schuppen sichtbar werden, wenn ihm Zähne wachsen und sich an den Flügeln Krallen entwickeln, dann be- kommen wir etwas mit. Denn: Die Verantwortli- chen im Zoo nehmen verzweifelt mit allen mögli- chen Einrichtungen Kontakt auf, und von diesem Datenverkehr erfahren wir. Wenn wir Glück ha- ben, kommen wir noch an, bevor die Genomang- leichung komplett abgeschlossen ist. Dann sorgen wir dafür, dass weder das Tier noch das Wissen über das, was passiert ist, den Ort verlässt."

Ducan verstand: Offenbar gehörten Vertuschung und Verschleierung über das Phänomen zum Auf- gabenspektrum der Abteilung, die dem General unterstand. Niemand durfte je erfahren, was an diesen Orten passierte. Sichtungen von Dinosauri- ern sollten in das Reich der modernen Märchen und Mythen gedrängt werden. Aber was war in diesem Charles-H.-Sternberg-Institut passiert?

„Meistens ist es sprichwörtlich ‚fünf vor zwölf‘, wenn wir anrücken. Hier wird es sprichwörtlich gesprochen ‚fünf *nach* zwölf‘ sein", fuhr O'Brix fort. „Die Wissenschaftler des Charles-H.-Sternberg-Instituts dürften zunächst so überfordert gewesen sein wie alle anderen auch. Doch nach dem ersten Schock taten sie das, was Wissenschaftler naturgemäß machen: Sie forschten. Sie beobachteten, dokumentierten und analysierten, was in ihrem Institut passierte und was rasend schnell außer Kontrolle geraten kann. Weil sie sich nicht hilfesuchend an Andere wendeten, bekamen wir zunächst nichts mit."

Eine weitere Satellitenaufnahme zeigte das Institut aus einer größeren Höhe. Jetzt erst erkannte Ducan, dass es sich auf einer bewaldeten Halbinsel befand. „Das kanadische Institut liegt zum Glück abgelegen auf einer Halbinsel, die nur über eine Brücke mit dem Festland verbunden ist. Diese werden wir direkt zu Beginn des Einsatzes zerstören. Sie und die Wissenschaftler vor Ort werden ab dem Moment, in dem die Trümmer der Brücke ins Meer stürzen, auf sich allein gestellt sein", verkündete O'Brix jetzt mit lauterer Stimme als zuvor.

Ducan zögerte, dann hob er die Hand. „Wann soll die Ausbildung denn abgeschlossen und der Einsatz gestartet werden?", fragte er.

„Bis übermorgen sind Sie für den Einsatz gerüstet und alles ist logistisch vorbereitet", antwortete O'Brix.

Ducan hörte, wie die Tür geöffnet wurde und Schritte sich entfernten. O'Brix blickte den Rekruten mit zusammengebissenen Zähnen hinterher. „Letzte Chance: Wer gehen will, kann es *jetzt* tun!", donnerte O'Brix. Ducan hörte Schritte, dann die Tür klappern. O'Brix blickte auf die deutlich dezimierte Gruppe unter sich und nickte langsam. „Ich danke Ihnen. Wegtreten. Wir haben viel zu tun. Es geht los!"

Kapitel 1
Cretaceous-Zone

„Ich habe gehört, dass es noch nie eine so große Cretaceous-Zone gab."

Der Soldat Jac Ducan ignorierte seinen Kameraden Wes Taggert, der unbeirrt fortfuhr: „Noch nie sollen so viele und so *große* Tiere, die für Genomangleichungen in Frage kommen, infiziert worden sein."

Sie schritten über eine Schneise, die sich bereits seit einigen hundert Metern durch einen Laubwald zog. Sonnenlicht, das nur spärlich durch Blätter und Zweige drang, zauberte Schattenspiele auf den Waldboden und die niedergedrückten Farnwedel. Jac Ducan war davon überzeugt, dass diese Schneise ein größeres Tier auf seinem Weg hinterlassen hatte.

„Man hört eine Menge", gab er lakonisch zurück und hockte sich hin, um Gras und abgeknickte Pflanzen zu untersuchen.

„Was hast *du* denn gehört?", wollte Taggert auch schon wissen.

„Dass bemannte Missionen für reine Observierungszwecke und Probennahmen nur vorgeschoben sind." Ducan fuhr mit dem Finger über abgeknickte Farnwedel. Sie lagen umgewalzt in dieselbe Richtung gestreckt, in die er und Taggert gingen. Sie folgten dem Tier und würden ihm früher oder später begegnen.

Taggerts Stirn legte sich in Falten. „Was soll das heißen?"

Ducan richtete sich wieder auf, lächelte seinen Kameraden gequält an und zuckte mit den Schultern. „Warum schwirren hier keine Drohnen über den Baumkronen? Etwa weil sie die Tiere bei ihrem natürlichen Verhalten stören und so die Ergebnisse verfälschen würden?" Ducan schüttelte den Kopf. „Das tun wir mit unserer Anwesenheit auch. Nein, das allein kann es nicht sein. Einige glauben, dass die komplette Kommandoebene befürchtet, dass dieses Phänomen der Genomangleichung an prähistorische Spezies außer Kontrolle geraten wird. Warum sitzen wir nicht in einem gepanzerten Wagen? Die Geräusche könnten Tiere anlocken, das Gelände wäre zum Großteil nicht passierbar... Das ist doch alles nur vorgeschoben. Sie wollen angeblich testen: Wie reagieren diese Tiere *tatsächlich* auf Menschen? Das ist besonders bei den nicht ganz so großen Exemplaren interessant – falls es zum Beispiel mal ein Infektionscluster in einer Reptilienfarm oder einer Putenzucht geben sollte."

Taggert kniff die Augen zusammen. „Worauf willst du hinaus?"

Ducan antwortete nur indirekt: „Wölfe können Menschen bekanntlich gefährlich werden. Spätestens dann, wenn sie sich zu einem Rudel zusammenrotten. Aber muss dann jedes Mal eine Spezialeinheit anrücken? Auch etliche Greifvögel könnten Menschen verletzen oder töten. Sie tun es aber nur sehr selten."

Sie setzten ihren Marsch fort. „Also sollen wir eigentlich herausfinden, ob gegebenenfalls eine Co-Existenz möglich ist?", schlussfolgerte Taggert. „Einige glauben, dass dies als Plan B in der Schublade liegt", antwortete Ducan.

Eine Weile gingen sie schweigend weiter. „Und was glaubst *du*?", hakte Taggert schließlich nach. „Dass du zu viele Fragen stellst und wir eine weitere Bodenprobe nehmen sollten. Also sichere das Gelände."

Ducan zog seinen Rucksack ab, hockte sich erneut hin und nahm Proberöhrchen und einen Spatel aus einer aufgenähten Tasche seines Rucksacks. Behutsam schaufelte er die humushaltige Erde in das Probegefäß, schraubte es zu und verstaute es in einer sterilen Plastikbox, die er anschließend wieder in seinem Rucksack verschwinden ließ.

„Mal im Ernst: Was denkst du?", ließ Taggert nicht locker.

Ducan verdrehte die Augen. „Dass keiner so wirklich weiß, was an Orten wie diesem passiert ist", gab er zurück.

„Aber in der Ausbildung sagen sie uns doch auch immer, dass alles, was wir jetzt zu wissen scheinen, schon bald überholt sein kann", hielt Taggert dagegen.

Ducan zeigte auf die Stelle des Waldbodens, an der er gerade die Probe entnommen hatte. „Weißt du, was man in Bodenproben nachweisen könnte? Also abgesehen von den üblichen Mikroorganismen, die in normalen Ökosystemen vorkommen?" Ducan wartete keine Antwort ab. „Beispielsweise Anthraxsporen – das Teufelszeug, das Milzbrand verursacht und von dem 30 Kilogramm reichen, um 30.000 bis 100.000 Menschen zu töten. *Das* wäre in der Lage, hier draußen *jahrzehntelang* zu überdauern."

„Aber was hat das mit dem Cretaceous-Virus zu tun?", fragte Taggert.

Ducan zeigte mit dem Finger auf seinen Kameraden: „In deiner Frage finden sich bereits wichtige Teile der Antwort. Bei ‚*Cretaceous*‘ – so der Stand der Forschung – soll es sich um ein *Virus* handeln. *Anthrax* ist aber ein *Bakterium*! Bakterien sind für gewöhnlich freilebende Organsimen, die extrem widerstandsfähig sind. Hitze, Kälte und andere

Umwelteinflüsse können ihnen nichts anhaben. Bei Viren sieht das anders aus: Die überleben hier draußen nicht lange, ohne einen Wirt zu haben." „Du glaubst also, dass die eigentlich keinen Plan haben und uns deshalb nach allem Möglichen suchen lassen", vermutete Taggert.

Ducan zuckte mit den Schultern. „Offenbar. Aber ich gebe zu: Beim Cretaceous-Virus läuft so einiges anders als bei anderen Viren. Doch..." Das erste Mal schien Ducan nach Worten zu suchen. „Die militärisch organisierten Gegenmaßnahmen scheinen mir etwas planlos. Hier läuft das Gleiche schief wie bei den Geheimdiensten: Daten-Sammelwut ohne Ende, aber ob, wann und wie die erhobenen Daten ausgewertet und verwendet werden können, steht in den Sternen. Aus diesem Grund sammeln wir hier draußen Boden- und Pflanzenproben, um herausfinden zu lassen, ob das Cretaceous-Virus dort nachweisbar ist, obwohl das für ein Virus untypisch wäre. Deshalb pinseln wir Insektenfallen an Bäume und markieren sie mit gelben Kreisen, damit die Proben später gefunden, abgeholt und weitergegeben werden, in der Hoffnung, dass jemand herausfindet, dass Insekten mit der Übertragung zu tun haben. Vielleicht klappt's und wir erfahren so, wie sich das Virus verbreitet und wo es wahrscheinlich als Nächstes ausbricht. Naja, wir werden sehen."

Ein Röhren hallte durch den Wald zu ihnen herüber und ließ sie zusammenzucken. „Was war das?", fragte Taggert reflexartig.

„Wahrscheinlich das Tier, das diese Schneise durch den Wald gezogen hat", mutmaßte Ducan.

„In 100 Meter Entfernung", schätzte Taggert.

Ducan schüttelte den Kopf. „Deutlich weniger. Finden wir es heraus."

Kapitel 2
Ca. 2 Kilometer westlich

Groteskerweise war es die Harmonie dieses Ortes, die in Jill Tine Ängste heraufbeschwor. Die junge Frau beobachtete ihre Umgebung mit Vorsicht: Moos überzog überirdische Wurzeln der Bäume, in deren Schatten Farn spross und Laub vor sich hin moderte. Die schmetterlingsförmigen Blätter eines Ginkos rauschten im Wind, sonst war es totenstill in dem Gebiet, das seit letzter Nacht als Cretaceous-Zone galt.

Seit die Sonne über dem Wald aufgegangen war, betrachtete Jill das Gelände mit anderen Augen. Alles schien zwar so friedlich zu sein, doch wenn sie den Soldaten glaubte, so trog der Schein, und der Ort war in kurzer Zeit zu einem der gefährlichsten auf der Welt geworden.

Jill fürchtete sich nicht vor diesem mysteriösen Virus, das ihren Körper befallen haben könnte. Schließlich waren alle Tests bislang negativ ausgefallen. Sie fühlte sich gesund und hatte keines der Symptome an sich bemerkt, die ein Militärarzt ihr aufgezählt hatte.

Und auch dieses Phänomen der „Genomangleichung", das hier massenhaft stattgefunden haben sollte, ängstigte sie nicht. Sie hielt es zumindest für übertrieben, wenn nicht sogar für gelogen, was die

Soldaten erklärt hatten. Jill vermutete, dass es das Ziel des Militärs gewesen war, sie und die Wissenschaftler des Charles-H.-Sternberg-Instituts einfach von hier wegzubringen. Daher das wissenschaftliche Schauermärchen.

Es war das Militär, dem sie nicht traute. Deshalb war sie, allen Warnungen zum Trotz, hier in der Cretaceous-Zone geblieben. Ein Militärarzt hatte ihr freundlich angeboten, sich auf eine Isolierstation eines Militärkrankenhauses in Maryland bringen zu lassen – oder eben hier in Quarantäne zu gehen. Da war Jill Tine die Entscheidung nicht schwergefallen.

Sie trat näher an einen Baumstamm heran, stellte ihren Rucksack auf den Waldboden und zog aus einem Seitenfach eine Metallflasche, auf der ein schwarzes X auf orangem Grund, das Gefahrensymbol für „minder giftig", klebte. Jill drehte den Schraubverschluss auf, an dessen Unterseite ein kleiner Pinsel in den zähflüssigen Inhalt der Flasche ragte.

Sie rümpfte die Nase und pinselte mit ausgestrecktem Arm das mit Insektenpheromonen angereicherte Kunstharz an die Baumrinde. Es war eine freiwillige Arbeit, mit der sie half, Insekten zu fangen, die sich dort niederließen und festklebten, damit sie später herausgebrochen in ein Labor geschickt und analysiert werden konnten.

„Es gibt einige Krankheiten, die von Insekten übertragen werden: Stechmücken können Malaria übertragen, Flöhe Beulenpest, außerdem Fleckentyphus, der auch noch von Läusen übertragen werden kann", hatte ihr und den Anderen General O'Brix erklärt. Er schien hier das Kommando innezuhaben, hielt sich aber außerhalb der Zone im mobilen Hauptquartier auf.

Wegen der insektenanlockenden Pheromone achtete Jill darauf, keinen Tropfen der Flüssigkeit auf Rucksack, Kleidung oder gar die Haut zu bekommen.

Warum das Virus denn keine Rieseninsekten, wie es sie in der Urzeit ja gegeben habe, hervorbringe, hatte Jill gefragt, als man ihr den Auftrag gegeben hatte.

Zum einen seien Rieseninsekten heute nicht mehr lebensfähig, da ihre enorme Größe auf den früher höheren Sauerstoffgehalt in der Atmosphäre zurückzuführen sei, so O'Brix. Zum anderen gebe es wahrscheinlich eine „Coevolution" zwischen Virus und Wirt, was bedeutete, dass eine Veränderung im Erbgut des einen zu einer Anpassung des Erbguts beim „Partner" führte. Beide Organismen lebten so in einem perfekt ausbalancierten biologischen Tandem miteinander. „Ob das hier bei Insektenarten der Fall ist, müssen wir noch erforschen", hörte Jill O'Brix' Stimme in der Erinnerung.

Dass Jill Tine hier nun festsaß, hatte einen simplen Grund: Sie war zur falschen Zeit am falschen Ort gewesen. Das Forschungsinstitut, an dem das ganze Chaos begonnen hatte, lag in einer Region, die Touristenführer als „Geologen-Pfad" anpriesen. Urlauber mit einem Fable für Geologie und Paläontologie pilgerten oft über diese Route, die auch hierherführte, in der Hoffnung, Fossilien zu finden. Jill war für einen Zeltplatz am Geologen-Pfad verantwortlich gewesen. Ihre damit verbundene Ortskundigkeit hatte sicher dazu beigetragen, warum man sie hier duldete und Bäume mit Insektenfallen bestreichen ließ.

Jill schraubte den Drehverschluss schnell wieder zu, denn die ersten Insekten schwirrten bereits um sie herum. Sie zog eine Sprühdose aus dem Rucksack und sprühte einen orangen Kreis um die bestrichene Stelle auf der Baumrinde. Dann schulterte sie den Rucksack und ging weiter die Straße entlang. Der Asphalt lag gerissen da, Gräser und Disteln sprossen aus den Ritzen, und Baumwurzeln drückten Wellen in die alte Fahrbahn. Seit Jahrzehnten zog sie sich durch diesen Wald und stammte aus einer Zeit, als hier noch keine Fossilienjäger am Geologen-Pfad die Hämmer schwangen, sondern Bergleute in ihren Stollen schufteten.

Jill kannte diese Straße gut und wusste, dass sich deren Zustand in weniger als einem Kilometer noch weiter verschlechterte, bis sie im „Nirgendwo" endete. Würde sie der Straße in die entgegengesetzte Richtung folgen, kam sie von hier aus nach nur wenigen Gehminuten an dem Charles-H.-Sternberg-Institut aus.

Sie wusste, dass während sie hier im Wald Bäume mit Kunstharz bestrich, im Institut eine Gruppe Soldaten eine provisorische Kommandozentrale im Magazin des Instituts einrichtete, wo sie zwischen Stahlregalen voller versteinerter Dinosaurierknochen ihre Metalltische und Computer aufbauten. Das fensterlose Magazin war wegen der hohen Werte der Fossilien besonders gut gesichert. Normalerweise gegen Einbruch und Diebstahl, jetzt aber auch vor dem, was sich angeblich hier draußen herumtrieb. Doch Jill hatte dort Platzangst bekommen, und die Proben zu sammeln war der einzige Weg, um diesem „Bunker" zu entkommen.

Sie nahm erneut ihren Rucksack ab, schraubte die Flasche auf, um einen weiteren Baum zu bestreichen. Nicht weit von hier, hinter den Bäumen verlief ein Bach, wusste sie. Außerdem breitete sich dort ein Sumpfgebiet aus, in das jeder geriet, der die Straße verließ.

Jill bestrich die Rinde des Baums, hörte dabei Frösche quaken, den Wind durch Baumkronen rauschen, Vögel zwitschern, dazu ein Gurren wie von einer Taube. Hier würde die Falle bestimmt viele Insekten anziehen, schließlich legten sie ihre Eier massenhaft in dem Sumpf ab, überlegte Jill. Dann zögerte sie, hob den Kopf und lauschte. Der Wind strich weiter durch die Baumkronen, doch die Frösche und Vögel waren verstummt. Nur noch das Gurren durchbrach die plötzliche Stille. Warum hören Frösche schlagartig mit ihrem Gequake auf?, überlegte Jill noch, als das Gurren erneut erklang, dann aber in ein Knurren und schließlich in ein rollendes Grollen überging. *Das war kein Vogel. Oder zumindest nicht mehr*, schoss es Jill durch den Kopf. Ihre Hände und der Pinsel darin zitterten unkontrolliert.

Zurück zum Institut? Vermutlich würde sie es in gut fünf Minuten erreichen, wenn sie lief. Oder zu einem dieser Depots? Ein Soldat, Jac Ducan, hatte ihr auf einer Karte gezeigt, wo diese Stahlcontainer über Nacht abgesetzt worden waren. Hier in der Nähe musste eines dieser Depots sein, genaugenommen jenes, in dem Boote lagerten. Sie könnte es vermutlich in wenigen Minuten erreichen, sofern es wirklich da stand, wo es auf der Karte eingezeichnet war.

Das kehlige Knurren rollte erneut durch den Wald. Eine Gänsehaut breitete sich auf Jills Armen aus. Was für ein Tier konnte das nur sein? Verängstigt und unschlüssig, was sie nun tun konnte, tun *musste*, trat sie einen Schritt nach hinten, neben die Fahrbahn und knickte mit dem Fuß um. Sie unterdrückte einen Schrei, der, was immer da hinter den Bäumen im Wald lauerte, auf sie aufmerksam machen würde. Vor Schmerz und Schreck fiel ihr die Flasche aus der Hand. Reflexartig hob Jill sie auf und unterdrückte erneut einen Schrei. Das Loch, in dem sie sich den Fuß umgeknickt hatte, wies die Form eines dreizehigen Fußabdrucks auf, wobei die Länge jeder der abgespreizten Zehen der Größe von Jills Fuß entsprach. Das riesige Tier, von dem die Spur stammte, musste in dem Dickicht jenseits der Straße verschwunden sein.

Jill schluckte schwer. Offenbar war all das, was man ihr über „Genomangleichungen" erklärt hatte, doch mehr als ein Schauermärchen, mit dem das Militär sie von hier hatte vergraulen wollen. Sie starrte wie hypnotisiert auf den Fußabdruck. Vor ihrem inneren Auge blitzte eine Erinnerung daran auf, wann und wo sie einen dazu passenden Fuß einmal gesehen hatte: Es war an diesem Morgen im Magazin des Charles-H.-Sternberg-Instituts gewesen. Dort lagerte unter anderem ein Hinterlauf eines zweibeinigen Raubsauriers. Jill wusste nicht genau, zu welcher Gattung er gehörte. Aber sie erinnerte sich an den dazugehörigen Schädel, den sie wenige Regalbretter entfernt entdeckt hatte. So lang wie ihr Arm war die Schnauze, die Zähne alle von der Länge ihrer Finger.

Äste brachen. Etwas Großes raschelte durch das Blattwerk. Erneut das Knurren, diesmal bedeutend näher. Bäume schwankten. Laub bewegte sich, als sich das Tier, nur noch zwanzig Meter von ihr entfernt, seinen Weg in Richtung Straße bahnte.

Kapitel 3
Wald – zehn Minuten vorher

Solche Kratzspuren, wie sie sich an gleich drei Bäumen durch die Rinde oberhalb der Wurzeln zogen, hatte Rupert Wild noch nie gesehen. Er legte seinen Rucksack mit dem Namensschild *„Dr. Wild – wissenschaftlicher Zivilist"* auf einen moosbewachsenen Baumstumpf ab. Es war einfach nur fair, wenn er die Chance ergriff und in dieser sogenannten Cretaceous-Zone das tat, was er sein ganzes Berufsleben über tat: forschen. Die Kunstharz-Pheromon-Fallen konnte er schließlich auch noch später an Bäume pinseln. Behutsam fuhr er mit dem Finger durch die Kratzspuren. Die Kuppe seines Zeigefingers passte fast in einen der Kratzer, was Wild Rückschlüsse auf die Größe der Klauen lieferte. In den Vordergliedmaßen des Tieres, von dem diese Spuren stammten, musste viel Kraft stecken, auch wenn Wild vermutete, dass es sich um ein recht kleines Tier handelte. Denn: Oberhalb von sechzig Zentimetern war die Rinde unversehrt.

Als Paläontologe leitete Dr. Rupert Wild das nach dem US-amerikanischen Fossiliensammler Charles Hazelius Sternberg benannte Institut – oder genauer: Er hatte es bis zum Ausbruch des Virus geleitet. Er gehörte zu den Wissenschaftlern, die gesehen hatten, wie schnell und gravierend sich die infizierten Tiere veränderten. Die wachsenden Ähnlichkeiten mit prähistorischen Spezies waren ihm und seinen verunsicherten Kollegen schnell aufgefallen. Schließlich erforschten sie seit Jahren am Institut die Verwandtschaften von und Ähnlichkeiten zwischen ausgestorbenen und heute lebenden Arten. – Doch niemand hatte sich getraut, die Theorie laut auszusprechen, dass mitten in ihrem Institut eine Genomangleichung stattfand.

Eines Nachts waren mehrere Tiere verschwunden, nachdem sie ein Loch in eine Glasfassade des institutseigenen Tropenhauses gebrochen hatten. Unter anderem ein infiziertes Krokodil und ein Komodowaran, aber auch etliche kleinere Tiere hatte seitdem niemand mehr gesehen. Vermutlich hatten sie sich in den Wald verkrochen, bis die Genomangleichung abgeschlossen war.

Wild spähte mit zusammengekniffenen Augen hinauf in die Baumkrone. Ein Ahornbaum, wie er bemerkte, also eine Pflanze, die schon vor Jahrmillionen auf dem Speiseplan von Dinosauriern stand. Keine blattlosen Äste, keine Fraßspuren an den unteren Blättern. Ein größerer Pflanzenfresser hatte sich hier vermutlich nicht länger aufgehalten.

Er blickte wieder auf die Kratzspuren hinunter. Stammten sie vielleicht von einem kleineren Fleischfresser, der sich hier die Krallen gewetzt hatte, wie es Katzen taten? Ob der noch in der Nähe war? – Rupert Wild sah sich voller Vorfreude um. Er wusste, dass das Gelände gefährlich war – das waren die Terrarien und Gehege im Institut aber auch gewesen. Zumal sein Status „Wissenschaftlicher Zivilist" vor allem für das Militär bedeutete, dass er nicht mit Waffen umgehen konnte und deshalb keine bekam. Doch so riskant das auch alles sein mochte – so eine Chance bot sich ihm nie wieder. Zudem fühlte er sich betrogen. Betrogen vom Militär, das im Institut aufgetaucht war, ihn und alle seine Mitarbeiter befragt hatte, aber selbst Antworten schuldig geblieben war. Betrogen von O'Brix, dem er alle Fotos, Videos, Notizen, Berichte und Hypothesen zu ihren Forschungen nach Ausbruch des Cretaceous-Virus hatte übergeben müssen. Dessen Aussagen, man wolle ihnen „zu einem späteren Zeitpunkt" alles zurückgeben, glaubte Wild nicht. Daher hatte er O'Brix zugesagt, hier zu bleiben, zu helfen und „nach Abschluss der Quarantäne Bericht zu erstatten".

Doch solange würde er die Zeit hier nutzen. Rupert Wild schulterte seinen Rucksack und stapfte wieder durch den Wald, um eine weitere Insektenfalle an einen Baum zu pinseln. Er kannte das Gelände kaum. Gründe für Zwölf-Stunden-Tage im Institut gab es normalerweise reichlich, Gründe, anschließend noch durch den nahe gelegenen Wald zu wandern jedoch nicht.

Sollte nicht hier irgendwo der Bach verlaufen, der auch unweit des Instituts vorbeifloss?, überlegte Wild. Jill Tine vom Geologen-Pfad hatte ihm den Bachverlauf erklärt. Sie kannte das Gelände wesentlich besser als er. Wild hoffte, dass die junge Frau bald wieder in den improvisierten Schutzraum im Magazin des Instituts zurückkehrte. Er wusste nicht, was wirklich hier im Wald vor sich ging, doch vermutlich war es in der Tat gefährlich. Wenn sein Forscherdrang ihn dazu brachte, sich in Lebensgefahr zu begeben, war das seine Sache. Doch Jill Tine, die nichts mit all dem zu tun hatte, sollte keinem Risiko ausgesetzt werden, fand er.

Aus diesem Grund hatte er sich von ihr getrennt, als er beschloss, sich abseits des ihnen zugeteilten Areals zu begeben. Einerseits hatte er sie mit schlechtem Gewissen zurückgelassen, andererseits mit der Gewissheit, dass sie sich in der freien Natur hier bestens zurechtfand. Ihre Aussage „Gehen Sie ruhig, ich komme schon klar" glaubte Wild ihr.

Mit einem Platschen trat er in kaltes Wasser, das sofort in seinen Schuh floss, der Stoff seiner Hose sog sich voll. Der Bach, nicht breiter als eine zweispurige Straße, gurgelte hier durch den schattigen

Wald. Mit einem schmatzenden Geräusch zog Wild den Fuß wieder heraus, trat ein paar Schritte zurück und suchte mit Blicken nach einer Möglichkeit, wie er den Bach überqueren konnte. Wenige Meter von hier entfernt ragten moosbewachsene Steine aus dem Wasser. Dort würde er versuchen, den Bach zu überqueren.

Rupert Wild sprang auf den ersten Stein, ruderte mit den Armen in der Luft und versuchte, seine Balance zu halten. Der Stein war glitschig und die Wahrscheinlichkeit, dass der nächste es nicht war, gering. Mit einem Satz erreichte Wild ihn, diesmal war es das Gewicht des Rucksacks, das ihn fast aus dem Gleichgewicht warf. Was war das? Auf der anderen Seite des Bachs, an einem der Bäume, leuchtete ihm eine neongelbe Markierung von der Rinde entgegen. Ob die von Jill stammte? Sie und er hatten eigentlich andere Farbdosen bekommen, um ihre Insektenfallen zu kennzeichnen. Vielleicht hatte der Soldat Jac Ducan oder dessen Kamerad Wes Taggert die Markierung an den Baum gesprüht. Wild würde sich den Baum und die Markierung genauer ansehen, sobald er es über den Bach geschafft hatte.

Drei Steine lagen noch vor ihm. Er sprang, diesmal kam er perfekt auf. Aus dem Wald tönte ein schrilles Pfeifen. Das war kein Vogel, schoss es Wild durch den Kopf. Von woher war das Geräusch zu ihm gedrungen? Der nächste Stein. Erneut ein Pfiff, diesmal klarer erkennbar woher: von der Seite des Baches, die noch zwei Steine von Wild entfernt lag. Er sah sich um: Ahorn, Birken, einige Kiefern, weiter entfernt Tannen, hinter denen sich kleine oder auch größere Tiere verbergen konnten. Schnell sprang Wild auf den nächsten Stein, rutschte ab, fing sich, sprang auf den letzten und dann ans Ufer.

Der Wald lag still vor ihm. Wild lief zu dem Baum mit der gelben Markierung, die, wie angenommen, auf eine Insektenfalle hinwies. Prüfend berührte er das Kunstharz: festgetrocknet. Die Falle musste also schon eine Zeitlang hier sein. Aber warum klebte kein einziges Insekt an ihr?, fragte sich Wild. Nur zehn Bäume entfernt leuchtete die nächste Markierung. Wild eilte hinüber: erneut festgetrocknetes Kunstharz, kein Insekt.

Wild biss sich auf die Unterlippe, dachte nach. Eine Theorie nahm in seinen Gedanken Form an. Er musste einen weiteren Baum finden. Erneut das Pfeifen, dann Rascheln im Unterholz. Das Rascheln raste an Wild vorbei, er versuchte etwas zu erkennen. Sein Blick traf einen Baum, den ein gelber Kreis ebenfalls als Insektenfalle kennzeichnete. Dahinter stoben die Äste einer Tanne auseinander, und ein vogelhaftes Tier von etwa einem Meter Länge, das mit seiner Höhe von vielleicht

40 Zentimetern Wild höchstens bis zum Knie gereicht hätte, hüpfte hervor.

„Das ist ja unfassbar", hauchte Wild. Trotz der Entfernung erkannte er, was Genomangleichung bedeutete. Das Tier musste bis vor kurzem im Charles-H.-Sternberg-Institut gelebt haben. Doch konnte Wild nicht erkennen, welches Tier es bis zur Infektion gewesen sein mochte. Sicherlich eine kleine Vogelart, überlegte er. Zumindest trug auch dieses Tier Federn, allerdings hatten sich die Flügel zu kurzen Armen weiterentwickelt, die in einer großen, gebogenen Daumenklaue endeten. Der Schnabel war zu einer langen Schnauze umgeformt, in der Rupert Wild kleine Zähne bemerkte.

Knochen dieser Spezies hatten Paläontologen in der „Hell Creek Formation" im US-Bundesstaat Montana ausgegraben. Ein solches Tier war seit 66 Millionen Jahren nicht mehr durch einen Wald gelaufen. Rupert Wild war sich in diesem Moment sicher, dass er einem *Trierarchuncus* gegenüberstand. Das Tier hob den Kopf, dann erklang erneut der Pfiff. Wenn es wirklich ein Trierarchuncus ist, würde das meine Theorie bestätigen, dachte Wild, zitternd vor Freude und überwältigt von dem, was das Cretaceous-Virus tatsächlich bewirken konnte.

Das Tier ignorierte ihn, drehte sich um und stolzierte auf den markierten Baum zu. Wild hielt den Atem an. Es ist tatsächlich so, bemerkte er: Das

Tier, das ein Dinosaurier sein musste, hielt sich mit seiner gebogenen Klaue am Baumstamm fest und schnappte mit dem zahnbewehrten Maul nach den festgeklebten Insekten. Der Trierarchuncus, so die Theorie der Paläontologen, war ein insektenfressender Dinosaurier gewesen. Die Fallen hatten Insekten angezogen und die wiederum den Trierarchuncus, schlussfolgerte Rupert Wild. Immer wieder schnappte der Saurier nach Insekten in der Falle, kaute, schluckte, fraß weiter. Für Rupert Wild der faszinierendste Moment seines Lebens, etwas, von dem er nicht zu träumen gewagt hätte.

Der Trierarchuncus zerkaute das wohl letzte Insekt aus der Falle, trippelte dann zum nächsten Baum, an dem jedoch keine gelbe Markierung auf eine weitere Falle hinwies. Mit den gebogenen Daumenklauen riss der Dinosaurier Rindenstücke vom Stamm und zog so Kratzspuren, wie Wild sie bereits untersucht hatte. Der Trierarchuncus setzt seine Krallen tatsächlich so ein, wie wir es vermutet haben, bemerkte Wild, als der Dinosaurier erneut kaute: Er schält Rindenstücke ab, um an darunter liegende Insekten zu gelangen.

Ein Brüllen ließ Wild zusammenzucken, beendete die Magie des Moments. Der Trierarchuncus sprang auf seinen langen Beinen davon, hastete auf die Tannen zu, hinter deren Ästen er verschwand.

Rupert Wild schluckte. Ja, all das Unglaubliche, was O'Brix ihm zu erklären versucht hatte, stimmte. Das Cretaceous-Virus hatte die Zeit an diesem Ort zurückgedreht. Und dieser Ort war so gefährlich wie seit 66 Millionen Jahren nicht mehr.

Kapitel 4
Ducan und Taggert

Jac Ducan schätzte, dass es lediglich dreißig Meter waren, bis die Schneise auf einer Lichtung endete, auf der sich ein stahlgraues Depot erhob. Wenige Meter davor ragte ein Metallmast über die Baumkronen hinaus, an dessen Spitze sich ein Windmesser drehte. Gut drei Meter daneben glänzte im Sonnenlicht die Edelstahlröhre des Ombrometers, einem Niederschlagsmesser, dessen trichterförmig angebrachter Windschutz der Konstruktion eine optische Ähnlichkeit mit einer Blüte verlieh.

Sie standen somit vor dem Depot, das mit meteorologischen Messgeräten vollgestopft war und jede Änderung in Temperatur, Luftdruck, Luftfeuchte und Windgeschwindigkeit registrierte und dokumentierte. Doch das Tier, dessen Ruf sie bis hierher gefolgt waren, erblickten sie nicht. Erneut das Röhren, lauter als die Male zuvor, dann ein Poltern, als schlüge jemand mit Urgewalten gegen die Stahlhülle des Depots. Taggert stieß Ducan an und wies mit einer Kopfbewegung auf die von ihnen aus gesehen linke Seite des Depots. Ducan folgte Taggerts Blick: Zwei Stacheln, jeder so lang wie ein menschlicher Arm, ragten dort hervor. Die Gewehre im Anschlag, pirschten sich Ducan und Taggert in einem Bogen an das Tier heran, dessen Schwanz vor das Depot ragte. Ein weiteres

Stachelpaar kam in Sicht, dann noch eins und noch eins. Insgesamt acht zählte Ducan. Sie führten über den Schwanz hinauf auf den gedrungenen Rücken, ab dessen Mitte sie schließlich in schmale Panzerplatten übergingen, die bis an den kleinen Kopf führten, der etwa fünf Meter von der Schwanzspitze entfernt lag.

Ducan atmete auf: Das Tier kaute gemächlich an einem Farnbüschel. Jetzt dämmerte ihm auch, was das für ein vierbeiniger Dinosaurier war: „Ein Kentrosaurus“, flüsterte er Taggert zu.

Das Röhren, das sie hierher gelockt hatte, dröhnte erneut über die Lichtung, doch es war nicht der kauende Kentrosaurus vor ihnen.

Ducan und Taggert wirbelten herum. Ein Schatten legte sich über sie, als sich ein stachel- und panzerplattengespickter zweiter Kentrosaurus an ihnen vorbeischob. Erst jetzt, als sie an der vorderen Seite eines solchen Sauriers standen, bemerkte Ducan, dass bei diesen Tieren am oberen Ende ihrer stämmigen Vorderläufe jeweils ein weiterer Stachel hervorragte. Vorsichtig traten sie einen Schritt zurück und stießen mit den Rucksäcken gegen eine Stahlwand des Depots. Ducan sah, wie Taggerts Hand hinab zu einer aufgenähten Tasche an seinem Hosenbein fuhr. Ducan legte ihm eine Hand auf den Arm und schüttelte den Kopf. Grundsätzlich war Taggerts Gedanke richtig, wie

Ducan fand: Sie trugen in diesen Taschen eine Rauchgranate. Rauch bedeutete für diese Tiere Feuer und vertrieb sie, so stand es zumindest im Handbuch. Ob Schüsse wirklich andere Tiere anlocken statt vertreiben würden, wie es in einem anderen Kapitel des Handbuchs zu lesen war, wagte Ducan zu bezweifeln. Doch was er nicht bezweifelte: Eine Rauchgranate direkt vor die bodennahe Schnauze des Kentrosaurus geworfen, würde auch Taggert und ihm die Sicht rauben. Das wäre spätestens dann gefährlich, wenn der Kentrosaurus in Panik geriet und wahrscheinlich blind um sich schlagen würde.

„Warte ab!", raunte Ducan.

Der zweite Kentrosaurus streckte seinen kleinen Kopf vor und röhrte erneut. Dann setzte er seinen Weg fort. Sie entspannten sich, atmeten tief durch. „Und was jetzt?", fragte Taggert.

Ducan nahm seinen Rucksack ab. „Gib mir Deckung, denn jetzt wird's gefährlich!", antwortete er.

Kapitel 5
Jill Tine

Es schneidet mir den Weg zum Institut ab, schoss es Jill durch den Kopf. Dann ein Brüllen, ohrenbetäubend. Ihr Verstand setzte aus, sie rannte los, einfach nur weg von hier. Ein lautes Knacken hinter ihr. Jill drehte reflexartig den Kopf über die Schulter, sah noch, wie eine Tanne umkippte, die Äste schlugen auf dem Asphalt auf und zerbrachen. Der meterlange Baum lag da wie eine Straßensperre.

Jill rannte weiter, erreichte eine Schneise, die zwischen den Bäumen direkt auf einen fensterlosen Metallcontainer mit schwerer Stahltür zuführte. Auf der olivgrünen Außenhaut des Depots prangte in schwarzer Schablonenschrift die Nummer *„05"* und daneben der Schriftzug *„Boote und Schwimmwesten"*.

Jill aktivierte ihre letzten Kraftreserven. Sie sprintete auf die Tür des Depots zu, versuchte sie aufzudrücken, fluchte und schluchzte, als sich die Tür keinen Millimeter bewegte. Dann erst verstand sie, dass sie die Tür aufziehen musste. Vor Erleichterung weinend und gleichzeitig lachend, riss sie die Stahltür auf, schlüpfte ins Innere des Depots und knallte die Tür hinter sich zu.

Ihre Augen mussten sich einen Moment an das spärliche Licht, das durch schlitzförmige Fenster fiel, gewöhnen. Das Innere des Depots glich einem kleinen Lager. In Stahlregalen warteten nummerierte und beschriftete Metallkisten, jede von einem Meter Länge und fünfzig Zentimetern Breite darauf, dass jemand ihren Inhalt benötigte. In Halterungen an der Rückwand hingen vierundzwanzig Paddel aus gelbem Kunststoff.

Noch außer Atem zog Jill eine der Kisten heraus und blickte hinein. Sie seufzte erleichtert. Bevor sie den Job am Geologen-Pfad angetreten hatte, war sie für etliche Zeltlager, Wanderungen, Naturführungen und Bootsfahrten in Kanada verantwortlich gewesen. Daher erkannte sie sofort, dass in diesem Depot aufblasbare Schlauchbote mit festen Einlegeböden aus Aluminium lagerten. Diese Boote ließen sich, wie hier, besonders kompakt verstauen. Aufgeblasen gab es solche Boote bis zu einer Länge von acht Metern, wobei Jill sofort feststellte, dass dieses hier wesentlich kleiner ausfiel.

Sie erinnerte sich daran, was sie Treckinggruppen immer erklärt hatte, bevor sie in so ein Boot geklettert waren: *„Diese Dinger sind sehr stabil. Sie lassen sich selbst für eine Antarktisexpedition einsetzen."* Was sich für Touren durch die Polargewässer eignete, sollte doch auch für eine Flussfahrt

durch eine zurückgekehrte Urwelt taugen, überlegte Jill und fasste neuen Mut.

Dieses Depot stand direkt an dem Bach, der sich
durch den Wald schlängelte. Sie kannte das Gebiet
gut genug, um zu wissen, dass er in einem Ab-
schnitt nur etwa 150 Meter von dem Charles-H.-
Sternberg-Institut vorbeiplätscherte. Dort könnte
sie an dem steinigen Ufer anlegen und die letzten
Meter über eine Grasfläche bis zu dem riesigen
Gebäude mit der Granitfassade laufen.

Sie sah sich um, zog weitere Kisten auf und fand
eine elektrische Druckluftpumpe von der Größe
eines Schuhkartons. Die würde sie sicherlich be-
dienen können, war Jill überzeugt. Prüfend blickte
sie zu den Paddeln in den Halterungen an der
Wand. Egal ob Kanu oder Schlauchboot – Jill wusste, wie sie schnell und sicher selbst durch turbu-
lente Strömungen paddeln konnte. Selbst wenn
hier irgendwo ein Außenbordmotor lagern sollte,
so behagte ihr die Vorstellung von einem brüllen-
den Motor wenig. Zu groß war die Sorge, damit die
Aufmerksamkeit des Tieres auf sich zu ziehen, vor
dem sie sich eben erst hierher gerettet hatte.

Jill blickte zu der verschlossenen Stahltür des Depots und schluckte einen Kloß im Hals herunter. Es
half nichts – früher oder später musste sie wieder
nach draußen.

Kapitel 6
Ducan und Taggert

„Du bist doch verrückt!", zischte Taggert.

Ducan zog eine sterile Plastikbox aus seinem Rucksack und kritzelte mit einem Filzstift einen Vermerk auf den Deckel. „Warum? Wir sollen doch auch Pflanzenproben nehmen", gab er zurück.

Taggert schüttelte den Kopf: „Aber doch nicht aus dem *Maul* eines Dinosauriers!"

„Wo aber unter Umständen das Virus nachweisbar ist", konterte Ducan.

Taggert trat nervös von einem Fuß auf den anderen. Er dachte kurz nach. „Okay, du bist bescheuert. Aber ich lasse nicht zu, dass dich ein Kentrosaurus aufspießt. Also sag mir, was ich tun soll", beschloss Taggert.

„Bleib auf Distanz. Halt die Schwanzstacheln im Auge und die Gegend im Blick. Der Kentrosaurus macht mir weniger Sorgen als andere Viecher, die sich wahrscheinlich im Wald herumtreiben. Ich nähere mich dem Kentrosaurus von vorne. Besonders wendig ist der nicht. Selbst wenn er mich als Gefahr einstufen würde, bräuchte er einen Moment, um sich in Stellung zu bringen und anzugreifen. – Bereit?"

Wes Taggert nickte. „Viel Glück!"

Jac Ducan konnte Taggert hinter der stachel- und panzerplattenbewehrten Flanke des Kentrosaurus nicht sehen. Langsam, um das Tier nicht mit hektischen Bewegungen zu erschrecken, hockte er sich vor den Kopf des Sauriers. Nun waren es die beiden armlangen Stacheln oberhalb der Vorderbeine, die Ducan Sorge bereiteten. Trotz aller Behäbigkeit, die er dem Kentrosaurus zuschrieb, würde bereits ein Satz nach vorn reichen, damit sie ihm gefährlich werden könnten. Die Nasenlöcher des Tiers bewegten sich, Ducan hörte es schnuppern und sah, wie ihn die Reptilienaugen neugierig musterten.

Jetzt war es soweit. Ducan hob langsam die Hand, führte sie zu der länglichen Schnauze des Tiers in die Nähe der mahlenden Kiefer. Ducan packte mit Daumen und Zeigefinger den heraushängenden Farntrieb und zog ihn dem Tier aus dem Maul. Es hielt einen Moment inne, starrte Ducan an, dann kaute es weiter.

Erleichtert atmete Ducan aus, legte den abgekauten Farn in die Plastikbox und drückte den Deckel zu. Mit einem Klacken rastete der Verschluss ein. Bei dem plötzlichen Geräusch zuckte der Kentrosaurus zusammen, er drehte mit ruckartigen Bewegungen den Kopf umher.

Hinter dem Saurier hallte Taggerts Stimme herüber: *„Ruhig, mein Großer!"*, versuchte der Soldat das etwa 740 Kilogramm schwere Tier zu beruhigen. Der Kentrosaurus hob seinen kleinen Kopf, lauschte, stieß seinen röhrenden Ruf aus und bäumte sich auf. Einen kurzen Augenblick stand er auf seinen säulenartigen Hinterbeinen, während die Vorderläufe in der Luft über Ducan zappelten, der immer noch, die sterile Plastikbox in der Hand, am Boden kauerte. Ducan verlor das Gleichgewicht und fiel nach hinten auf das kühle Gras. Der Kentrosaurus machte einen Satz nach vorn, seine stämmigen Beine donnerten links und rechts neben Ducans Schultern auf die Wiese. Er lag jetzt unter dem Dinosaurier, blickte zu ihm hinauf und bemerkte, wie dessen Halsschlagader bei steigendem Puls immer hektischer unter der hellbraunen Reptilienhaut pulsierte. *„Jac, hau ab! Der ‚Kentro‘ wird sauer!"*, hörte Ducan Taggerts Stimme voller Panik.

Der Kentrosaurus bäumte sich noch einmal auf, Ducan rollte sich zur Seite, die Füße des Sauriers krachten nur eine Handbreit neben seinem Kopf auf den Boden zurück. Das Tier starrte nun Taggert an und scharrte mit einem Vorderfuß über den Boden. Ducan sprang auf und wich mehrere Schritte zurück, ohne das wütende Tier aus den Augen zu lassen.

Auf der anderen Seite des Kentrosaurus holte Taggert mit der dosenförmigen Rauchgranate aus, zielte auf den Kopf des Kentrosaurus und warf sie. Der Saurier zuckte, als ihn das Metall an den kleinen Panzerplatten am Kopf traf, dann wirbelte er herum. Die Nebelgranate lag im Gras und spuckte Rauch, den der beigemischte Salpeter weißgrau färbte. Der Kentrosaurus röhrte nervös, sein Stachelschwanz schnellte über die Wiese, dann flogen Gras samt Wurzeln, Erdklumpen und Rauchgranate durch die Luft auf den Waldrand zu. *„Lauf!"*, brüllte Taggert, wobei dessen Stimme im Röhren des Kentrosaurus unterging. Das Tier trabte los, direkt auf Taggert zu, der fluchend zur Seite sprang. Der Kentrosaurus wirbelte erneut herum, sein Stachelschwanz zischte durch die Luft und erwischte den tonnenförmigen Niederschlagsmesser direkt unter dessen blütenförmigen Windschutz. Der Saurier katapultierte das meteorologische Messgerät mit der gleichen Leichtigkeit durch die Luft, wie Taggert zuvor die Nebelgranate geworfen hatte. Es schepperte und klirrte, als der Niederschlagsmesser an der Stahlwand des Depots zerschellte.

Von dem Geschrei und Geschepper aufgeschreckt, stampfte der zweite Kentrosaurus hinter dem Depot hervor. Ducan riss sein Gewehr in Anschlag, zielte auf den Kopf des Kentrosaurus, doch der drehte sich bereits weg, schwang seinen Schwanz auf Taggert zu, der sich flach auf die Wiese warf und das Gesicht ins Gras presste. Der Stachelschwanz verfehlte ihn und traf den Mast, auf dem das Windmessgerät thronte. Der Metallmast schwankte, blieb aber stehen. Der Kentrosaurus röhrte, jedoch klang es weniger wütend als vielmehr ängstlich. Verzweifelt trat das Tier mit einem seiner Hinterläufe in die Luft. Jetzt erst verstand Ducan: Es hing fest, die Schwanzstacheln mussten sich an dem Mast verhakt haben.

Schreiend riss sich der Kentrosaurus los und griff aus Angst sofort erneut an. Sein Stachelschwanz prallte ein weiteres Mal gegen den Mast. Der schwankte, neigte sich in Richtung des Depots und fiel wie ein gefällter Baum um. Stahl traf auf Stahl, ein Geräusch, wie ein gigantischer Schmiedehammer klang über die Lichtung. Der Mast blieb schräg liegen, das untere Ende auf der Wiese, das obere auf dem Flachdach des Depots.

Völlig verwirrt rappelte sich Taggert wieder auf. Der zweite Kentrosaurus scheute vor ihm zurück, drehte sich und schlug zu. Taggert zuckte, stand unbewegt da, dann war er verschwunden.

Einen Moment lang verstand Jac Ducan nicht, was wenige Meter vor ihm auf der Lichtung passierte. Die Erkenntnis traf ihn wie ein Faustschlag in den Magen: Der Kentrosaurus hatte seinen Kameraden Wes Taggert mit den Schwanzstacheln getroffen und aufgespießt. Dessen – wie Ducan inständig hoffte – bereits toter Körper hing nun an den Stacheln, weshalb Taggert scheinbar in dem Moment „verschwunden" war, als das Tier seinen Stachelschwanz zurückgerissen hatte.

Ducan wollte es nicht sehen, zwang sich jedoch hinzuschauen. Sein Blick glitt über die schmalen Panzerplatten des Rückens, die das Wesen für ihn plötzlich viel drachenhafter erscheinen ließen als zuvor, weiter über die ersten Schwanzstacheln... Das letzte Viertel des Kentrosaurusschwanzes glänzte rot vor Blut. Sein Kamerad hing aufgespießt auf den Stacheln, seine Arme und Beine schwangen schlaff im Rhythmus der Schritte des Sauriers hin und her.

Ducans Magen schien zu explodieren, er würgte, dann erbrach er sich auf das Gras. Als die Krämpfe abflauten, fixierte er die beiden Kentrosaurier und kniff die Augen zusammen. Trauer und Angst vermischten sich zu einer überkochenden Wut. Er würde diese beiden Tiere töten. Der Soldat hob sein Gewehr, setzte an, zögerte. Was war das? Hatte sich Wes Taggert etwa gerade doch aus eigener Kraft bewegt?

Ducan rannte los, das Gewehr im Anschlag, näher auf den Kentrosaurus zu, doch auf Abstand zu den tödlichen Schwanzstacheln. Nach wenigen Augenblicken stand er zwischen beiden Kentrosauriern. Erst jetzt bemerkte er, wie planlos diese

Aktion war, dass er nicht wusste, was er wie in den nächsten Sekunden tun wollte oder könnte.

Der Kentrosaurus, der Taggert getötet hatte, bäumte sich wütend auf und schlug mit dem Stachelschwanz in Ducans Richtung. Mit offenstehendem Mund beobachtete Ducan die Szene wie in Zeitlupe: Die Wucht des Schlags riss Wes Taggerts Körper von den Schwanzstacheln, er flog durch die Luft wie eine kaputte Puppe und klatschte einige Meter entfernt auf den Boden. Es war vorbei. Wie in Trance sah Ducan die blutigen Schwanzstacheln auf sich zuschwingen, spürte, wie sein Gewehr getroffen und ihm aus den Händen gerissen wurde. Es war ihm egal. Das war's. Er würde sterben. Hier. In wenigen, letzten Augenblicken.

Der Dämmerzustand verschwand so plötzlich, wie er Ducan überkommen hatte. Nein! Er würde sich nicht von einer ausgestorbenen Tierart umbringen lassen! Ducan schritt zurück, sah nach links, rechts, oben... Über ihm verlief der umgerissene Mast des Windmessers, der auf dem Flachdach des Depots auflag. Ducan ging in die Hocke, sprang senkrecht in die Luft, bekam das kalte Metall des Mastes zu fassen und zog sich hoch. Der Kentrosaurus schlug zu, Ducan zog die Beine an, die Stacheln verfehlten ihn nur knapp.

Er hangelte sich den schrägen Mast hinauf in Richtung des Flachdachs. Unter ihm blickte der aufgebrachte Kentrosaurus zu ihm hinauf. Wenn ich jetzt den Halt verliere, stürze ich auf die spitzen Panzerplatten oder Stacheln, wusste Ducan.

Endlich kam die Kante des Flachdachs in Griffweite. Ducan zog sich hinüber, robbte nach vorn und drehte sich auf den Rücken. Er blickte einen Moment in den strahlend blauen Himmel. Dann wurde ihm vor Erschöpfung schwarz vor Augen.

Kapitel 7
Jill

„Jetzt oder nie!", sagte sich Jill, packte den Griff der Aluminiumkiste mit der einen Hand und mit der anderen den der Druckluftpumpe. Sie hievte beides durch das Depot, drückte mit dem Ellenbogen die Klinke, schob mit der Schulter die Tür einen Spalt weit auf und spähte hinaus: Weiter hinten Bäume und Büsche, davor Farne und sattgrünes Gras, das sich im Wind wog – nichts Verdächtiges. Sie schob die Tür auf, trat ins warme Sonnenlicht und schleppte eilig Boot und Pumpe bis an das Bachufer.

Nur wenige Augenblicke später summte die elektrische Pumpe vor sich hin und füllte das olivgrüne Boot mit Luft. – Unerträglich langsam, wie Jill fand, obwohl sie wusste, dass sie schon gleich vom Ufer würde ablegen können. Sie schloss die Augen, atmete tief durch, lauschte einen Moment dem dahinplätschernden Bach und dem unbekümmerten Vogelgezwitscher. Doch die Angst davor, dass sich in der friedlich klingenden Geräuschkulisse eine Gefahr durch Fauchen, Knurren oder Brüllen ankündigte, ließ nicht mehr von ihr ab.

Ungeduldig blickte Jill auf das sich aufblähende Schlauchboot. In Gedanken ging sie die nächsten Schritte durch. *Verdammt* – das Paddel hing noch im Depot! Sie fluchte, sprang auf, eilte in das Depot zurück und riss ein Paddel aus seiner Halterung heraus. Brauchte sie sonst noch etwas? Hektisch sah sie sich um. Sie stutzte. Hatte sie etwas krächzen gehört? Dann erneut: ein langgezogenes, rollendes Krächzen, deutlich lauter als das eines Raben. Jills Hände krampften sich um das Paddel. Mit weichen Knien lief sie zur Tür und spähte ängstlich durch den Spalt: Bäume, Büsche, Farne und Gräser – weder ein Tier zu sehen noch verdächtige Bewegungen im Geäst. Sie verließ das Depot und eilte auf das Boot zu. Die Pumpe hatte es inzwischen fast voll aufgeblasen, der olivgrüne Gummiwulst der Bootswände spannte sich, wie Jill erleichtert feststellte. Dann der Schock, sie zuckte zusammen und blieb abrupt stehen: Hinter dem Boot watschelte aufrecht ein kleines, zweibeiniges Tier hervor, das Jill zwar gerademal bis über den Knöchel gereicht hätte, aber nicht den Eindruck erweckte, harmlos zu sein. Die etwa acht Zentimeter lange Schnauze starrte vor kleinen, schrägen Zähnen. Ein reptilienhafter Kopf, aber ein bepelzter Körper. Das Wesen blieb neben dem Boot stehen und taxierte Jill. Als wollte es seinen Anspruch auf das Boot erheben, breitete es seine Arme aus, die sich in diesem Moment als Flügel mit einer Spannweite von über einem halben Meter entpuppten.

Jills Magen krampfte sich zusammen. Das musste einer von diesen Flugsauriern sein, vor denen Jac Ducan sie gewarnt hatte. Das Tier stand unbewegt wie ein Aasgeier da, nur seine ledrigen Flughäute flatterten leicht im Wind. Dann drehte es seinen länglichen Kopf und blickte prüfend das Boot an, um es dann mit der Schnauze anzustupsen. Jill ging davon aus, dass das Boot aus Ethylen-Propylen-Dien-Kautschuk gefertigt war, einem langlebigen, UV-beständigen Kautschuk. Viele hochwertige Schlauchboote wurden daraus hergestellt, da das Material hohe Abriebs- und Reißfestigkeit aufwies. Doch würde es auch dem Biss eines Pterosauriers standhalten?

Das Tier stieß noch einmal mit der Schnauze gegen das Gummi, diesmal stärker als zuvor. Der mittlerweile prall gefüllte Wulst federte den Kopf des Tieres zurück, das sofort energisch zupackte und sich in der Bootswand verbiss. Wie heftig die Beißkraft des kleinen Pterosauriers war, zeigte sich schnell: Es verging nur eine atemlose Sekunde, dann hörte Jill schon das gleichmäßige Zischen ausströmender Luft aus dem Boot. Die feste Ethylen-Propylen-Dien-Kautschukhaut des Boots stellte für die Zähne dieses Tiers kein Hindernis dar.

Jill spannte die Muskeln an, wollte etwas unternehmen, wusste aber nicht was. Sie überlegte. Die Seitenwülste waren für gewöhnlich in mehrere Kammern unterteilt. So sollte nicht der gesamte Schlauch einfallen, wenn er, wie jetzt, beschädigt wurde. Trotzdem: Noch ein paar Bisse, und in wenigen Augenblicken würde die Gummiwand zusammensinken und das Boot wäre schwimmunfähig.

„Sordes", fiel Jill plötzlich wieder der Name des Flugsauriers ein, vor dem Jac Ducan sie gewarnt hatte. *„Ausgehend von der Tierliste des Charles-H.-Sternberg-Instituts befürchten wir Genomangleichungen mit Pterosauriern der Gattungen Sordes und Dimorphodon"*, erinnerte sie sich an seine Worte. Und: *„Sie würden die beiden leicht unterscheiden können: Der Sordes ist klein und hässlich, der Dimorphodon ist größer und hässlich. Zudem hat der einen klobigen Kopf. Hüten Sie sich bei beiden vor Zähnen und Klauen."*

Aber vielleicht lässt der da sich trotzdem leicht vertreiben, überlegte Jill. Klauen und Zähne hin oder her – dieser Pterosaurier war klein. Sie umklammerte das Paddel in ihrer Hand fester. Zitternd schritt sie auf den Flugsaurier zu, der erneut, diesmal heftiger, gegen das Boot stieß.

Mit jedem Schritt, den Jill dem Flugsaurier näher kam, erkannte sie ihn klarer: Die schwarze Behaarung bedeckte Körper, die Flugmembran, die Membran zwischen den Hinterbeinen und die Zehen. – Also sehr wahrscheinlich tatsächlich ein „Sordes", da Paläontologen bei einem Fossil dieser Gattung Strukturen gefunden hatten, die auf eine solche Behaarung schließen ließen. „Diese Tiere waren vermutlich endotherm, also gleichbleibend warm, anders als Reptilien", hatte ihr Rupert Wild erklärt. Und: „Der Name *Sordes* bedeutet ,*Teufel*' oder auch ,*böser Geist*'." Das passt ja, dachte Jill, die nun nur noch wenige Schritte von Boot und Flugsaurier trennte. Ein erneutes Krächzen ließ sie zusammenzucken: Diesmal klang es nicht nur lauter, sondern auch aggressiver als zuvor, und es stammte nicht von dem Sordes, der neben dem Boot hockte und sie mit geschlossenem Maul taxierte.

Ängstlich drehte Jill sich um, ihr Blick wanderte an der Stahlfassade des Depots hinauf. Auf dem Geländer des Flachdachs hockten zwei weitere Flugsaurier und verfolgten jede ihrer Bewegungen. Die klobigen Köpfe der Tiere von je etwa zwanzig Zentimetern Länge erinnerten sie an Wasserspeier. Der Name „Böser Geist" hätte zu diesen Wesen ebenso gut gepasst. Jill bemerkte die langen Zähne im vorderen Teil der Ober- und Unterkiefer der Tiere, während die Zähne im hinteren Teil der Mäuler offenbar kleiner waren.

„Aus dem Griechischen übersetzt bedeutet ,*di*' – zwei, ,*morphe*' – „Form" und ,*odon*' – Zahn" erinnerte sich Jill an Rupert Wilds Erläuterungen. „Von Zähnen und Kiefern ausgehend, vermuten wir, dass der Dimorphodon, wie die meisten Flugsaurier, ein Fischfresser war. Wahrscheinlich fraß er aber auch Insekten, Echsen, Würmer und andere

Kleinlebewesen." Noch an diesem Morgen war es Jill nicht in den Sinn gekommen zu fragen, ob so ein Tier für Menschen gefährlich wäre – und die Antwort des Paläontologen hätte ohnehin nur rein hypothetisch sein können. Doch jetzt, als sie gleich zwei lebende Dimorphodons anblickte – *und diese sie* – spürte Jill, dass von diesen Tieren Gefahr ausging, unabhängig davon, ob sie Menschen als „Beutetiere" einstuften oder nicht.

„Was wollt ihr?", flüsterte Jill, und wie als Antwort krächzte eines der Tiere, breitete die Flügel aus und demonstrierte so deren Spannweite von etwa einem Meter zwanzig. Hinter sich hörte Jill das Pfeifen von Luft, die dem Boot entwich. Sie drehte sich um, sah, wie der Sordes sein zahnbewehrtes Maul erneut öffnete und in die Gummihaut des Bootes biss. Jill fluchte laut, rannte auf den Ptero-saurier zu und schwang das Plastikpaddel durch die Luft. Der Saurier legte nur den Kopf schief und blickte ihr unbewegt und unbeeindruckt entgegen. Hinter ihr krächzte jetzt wütend einer der Dimor-phodons, dann hörte Jill Flügel flattern. Sie fuhr herum, gerade noch rechtzeitig, um dem weit auf-gerissenen Maul auszuweichen, das auf sie zu-schoss. Der andere Dimorphodon kreischte und hüpfte auf dem Dach des Depots auf und ab, bis er sich von der Dachkante fallen ließ und in einem eleganten Bogen aufstieg und flügelschlagend auf sie zuschnellte. Jill stolperte ein paar Schritte zurück. Dann ein brennender Schmerz in ihrer Wade, als sich der Sordes in ihr Bein verbiss. Sie schrie, schlug und trat um sich. Der Pterosaurier ließ von ihr ab, doch sah sie mit Entsetzen an, dass er auf etwas herumkaute, bevor er den Kopf in den Nacken warf, um das abgebissene Stück Fleisch herunterzuwürgen.

Ein uralter Überlebensinstinkt in Jill übernahm die Kontrolle, das Adrenalin in ihrem Blut gab ihr Kraft. Sie packte das Boot, schob es über das Gras, ließ es in den Bach platschen und sprang hinterher. Sie landete hart in dem Boot, das die Strömung bereits mit sich trieb.

Krächzen und Flügelschlagen in der Luft. Ein Dimorphodon landete auf dem Boot, direkt vor Jill. Er biss in das Gummi und zerrte daran. Jill schlug mit dem Paddel nach ihm, das Tier flatterte zeternd davon. Luft pfiff aus einem fingerlangen Riss in der Gummihaut des Boots. Verzweifelt stieß Jill das Paddel ins Wasser, doch sie wusste, dass sie es so niemals weit über den Bach schaffen würde, wenn die Flugsaurier sie weiter attackierten. Sie wagte einen Blick nach oben: Über ihr kreisten inzwischen fünf Dimorphodons. Es war nur noch eine Frage der Zeit, bis sie sich auf sie herabstürzen würden. Prüfend drückte Jill gegen den Gummiwulst des Boots, der dem Druck schlaff nachgab. Offenbar hatten die Pterosaurier mit ihren Bissen mehrere Luftkammern erwischt.

Bald würde die Gummiwand so weit absinken, dass Wasser ins Boot strömte, was den Anfang vom Ende bedeutete.

Was sollte sie tun? Eine Idee blitzte in ihr auf, doch das Risiko wäre enorm. Über ihr krächzte einer der Flugsaurier. Jill schluckte, spürte die Angst, doch sie traf eine Entscheidung in der Gewissheit, dass es nun um Leben oder Tod ging.

Sie kroch auf die linke Seite des Boots und drückte mit ihrem Gewicht den wulstigen Bootsrand nach unten. Wasser strömte herein, das Boot bekam eine immer stärkere Schlagseite und kippte. Jill fiel ins kalte Wasser. Sie tauchte unter, stieß mit dem Kopf aus dem Wasser, spuckte und hustete, doch nun umgab sie die Dunkelheit des umgekippten Bootes. Sie hielt sich an den Gummiwänden so gut es ging fest und ließ sich mit dem Boot von der Strömung treiben. Ob der Plan funktionierte?, fragte sie sich. Das Wasser roch faulig, sie fror. Gab es hier nicht nur Saurier in der Luft, sondern auch welche, die im Wasser lebten und sie jagen würden?

Die Dunkelheit unter dem umgekippten Boot raubte Jill Tine die Orientierung. In Gedanken fuhr sie den Verlauf des Bachs ab: Er schlängelte sich durch den Wald und durchfloss einen See, bevor er sich weiter durch das Gelände wand und schließlich an der Wiese vorbeifloss, über die sie in kurzer Zeit das Charles-H.-Sternberg-Institut erreichen könnte. Doch im Wasser treibend, mit dem Boot über dem Kopf – hatte sie so eine Chance? Möglicherweise wäre es das Beste, wenn sie hier unter dem Boot eine Zeitlang ausharrte, bis die Flugsaurier das Interesse verlieren und verschwinden würden. Aber wie lange wäre das? Eine Minute? Zwei Minuten? Zehn Minuten? Wie auch immer: Sie müsste dann schnell aus dem Bach klettern und zu Fuß weiter.

Ob es gefährlich wäre, unter dem Bootsrand nach draußen zu tauchen, um nachzusehen, wo sie sich jetzt befand? Und ob irgendwelche Tiere zu sehen waren, die sie lieber nicht sehen wollte?, fragte sich Jill. Noch bevor sie sich entschied, stoppte das Boot abrupt.

Jill klammerte sich fester an den Gummiwulsten, um nicht von der Strömung weggerissen und unter dem Bootsrand her weitergetrieben zu werden. Wieso bewegt sich das Boot nicht mehr, aber die Strömung zerrt weiter an mir?, überlege Jill mit wachsender Panik. Vielleicht hatte es sich in einer hervorstehenden Wurzel verfangen. Oder etwas anderes hielt es fest.

Das Boot wurde über ihrem Kopf weggerissen. Im plötzlichen Sonnenlicht erkannte Jill ein echsenhaftes Tier, das das Boot mit Maul und Vorderklauen festhielt. Langer Hals, schlanke Statur, langer

Schwanz, aufrecht stehend – Jack Ducan hatte ihr Fotos von so einem Tier gezeigt und sie vor dem Coelophysis ausdrücklich gewarnt: ein Fleischfresser, bei dem Paläontologen jahrelang davon überzeugt gewesen waren, dass diese Gattung sogar vor Kannibalismus nicht zurückgeschreckt war. Diese Tiere sollten ihre eigenen Jungen gefressen haben.

Innerhalb von Sekunden zerriss der Coelophysis das Boot, Gummifetzen landeten im Wasser und trieben davon. Die Beißkraft dieses Landsauriers überstieg offenbar die der Flugsaurier gewaltig.

Jill Tine ruderte mit den Armen, um nicht unterzugehen und drehte dabei panisch den Kopf umher. Sie musste ans Ufer klettern und gleichzeitig möglichst viel Abstand zu dem Coelophysis gewinnen. Nicht weit vor ihr lag der Stamm eines umgestürzten Baumes über dem Bach wie eine kleine Brücke. Jill schwamm auf den Baumstamm zu, drehte noch einmal den Kopf zurück, um zu sehen, ob das Zerfetzen des Bootes den Coelophysis noch ablenkte. Doch das Tier war verschwunden. Die Überreste des Bootes lagen schlaff am Ufer.

Jill suchte den Raubsaurier hektisch mit Blicken: Bäume, Farne, hohe Gräser. Kein Coelophysis. Das Fauchen drang von dem umgestürzten Baum zu ihr herunter. Der Coelophysis stand dort, reckte seinen langen Hals so weit er konnte vor. Jill holte tief Luft, presste die Lippen zusammen und tauchte ab. Sie musste versuchen, unter dem Baumstamm hindurchzutauchen, um dann unter der Wasseroberfläche möglichst weit weg zu kommen. Etwas platschte in den Bach, Jill stieß wieder an die Wasseroberfläche. Der Dinosaurier schwamm wie ein Krokodil auf sie zu. Er riss das Maul auf und schnappte nach ihr. Sie warf sich mit dem Rücken nach hinten, das Tier biss ins Leere. Der Coelophysis fauchte, setzte zum nächsten Angriff an. Diesmal tauchte Jill ab, doch der Dinosaurier rammte sie. Verzweifelt trieb sie in der Strömung, schluckte Wasser, strampelte und kämpfte sich wieder an die Oberfläche. Der Coelophysis streckte nur wenige Meter von ihr entfernt seinen langen Hals aus dem Wasser. Jetzt greift er an, spürte Jill.

Ein tiefes Brüllen hallte über das Wasser, das gleiche, das Jill gehört hatte, bevor für sie alles außer Kontrolle geraten war. Die Reptilienaugen des Coelophysis ruckten nervös umher. Er fauchte, legte sich in seine krokodilhafte Schwimmposition und paddelte mit kräftigen Schwanzbewegungen hastig davon. Was zum Teufel war es, das den Coelophysis in die Flucht geschlagen hatte?

„Hierüber!" Erst jetzt bemerkte sie am Ufer einen Mann zwischen Schilfhalmen, der aufgeregt winkte. *„Raus aus dem Wasser!"*, rief er. Jill hörte Panik in dessen Stimme. Angst setzte in ihr ungekannte Kräfte frei, sie schwamm auf den Mann zu und er-

reichte ihn binnen Sekunden. Er streckte ihr eine Hand entgegen und zerrte sie hektisch aus dem Wasser. Erschöpft ließ sie sich auf das weiche Gras, das das Ufer säumte, sinken. Nur zwei Atemzüge lang ruhen, kurz die Augen schließen. Dann übernahm ihr alarmierter Überlebensinstinkt wieder die Kontrolle, sie setzte sich auf, blickte umher: Farne, Ginko, weiterentfernt ein Tannenwald.

„Du bist verletzt", drang die besorgte Stimme des Mannes in ihr Bewusstsein. *„Dr. Rupert Wild, wissenschaftlicher Zivilist"* stand auf einem Ausweis, den er an einer Brusttasche geheftet trug. Jetzt erst erkannte Jill den Paläontologen wieder, dessen wettergegerbtes Gesicht verriet, dass er ein Mann war, der viel Zeit seines Lebens mit Ausgrabungen im Ödland und in Steinbrüchen verbracht hatte.

„Was war das für ein Tier, das da eben gebrüllt hat?", fragte Jill noch völlig außer Atem. „Ich fürchte ein Megalosaurus", antwortete Wild und fügte hinzu: „Wenn das so ist, können wir nicht hier bleiben." Jill schluckte schwer. Selbst sie wusste, wie Paläontologen einen Megalosaurus beschrieben: ein Raubsaurier, der von der Schwanzspitze bis zur Schnauze acht bis neun Meter maß. Von gedrungener Statur, aber aufrecht stehend, brachte es der Megalosaurus auf ein Gewicht von mehr als 950 Kilogramm.

„Ist ein Depot in der Nähe?", fragte Jill schnell. Wild schüttelte den Kopf. „Aber ich habe eine andere Idee." Er stand auf, streckte Jill die Hand entgegen und zog sie hoch. Sie stapften durch eine Wiese, über die sie nach einigen Schritten einen Pfad erreichten, der sich zwischen mannshohen Farnen her schlängelte. „Wo wollen Sie hin?", zischte Jill, um nicht durch lautes Sprechen den Megalosaurus auf sich aufmerksam zu machen. „Du weißt ja, dass der Geologen-Pfad an einem alten Bergbaugebiet liegt", setzte Wild zu einer Antwort an und fuhr fort: „Dort hinten muss ein Stollen liegen. Er ist zum Teil eingestürzt, aber die ersten paar Meter kommt man hinein." Jill schüttelte verzweifelt den Kopf. „Ich kümmere mich seit Jahren um den Geologenpfad und garantiere Ihnen, dass der Bereich nicht sicher ist!" Wilds Gegenfrage ließ ihren Mund trocken werden: „Gefährlicher als der Wald, wenn ein Megalosaurus in der Nähe ist?"

Jill schüttelte erneut den Kopf, wollte etwas sagen, doch das Brüllen des Megalosaurus ließ sie zusammenzucken und stumm bleiben. Das Tier musste ganz in der Nähe sein.

Kapitel 8
Ducan

Jac Ducan lag kraftlos da, wusste nicht, wie viel Zeit vergangen war, seit der Kentrosaurus seinen Kameraden getötet hatte, und wie lange er bereits hier oben auf dem Dach des Depots in die vorüberziehenden Wolken starrte.

Wie es wohl den anderen Menschen in der Cretaceous-Zone ging, fragte er sich. Er hielt es für eine gravierende Fehlentscheidung, Zivilisten hierher zu lassen und für Sammel- und Beobachtungsaufgaben abzustellen – freiwillig oder nicht, wissenschaftliche Expertise und Ortskundigkeit hin oder her.

Das Leuchten in den Augen von Rupert Wild hatte Ducan sofort verraten, dass der hier den Traum eines jeden Paläontologen in Erfüllung gehen sah. Dass die Ereignisse in einer Cretaceous-Zone mit Glück traumatisch und mit Pech tödlich enden konnten, schien der Wissenschaftler bei all seiner Intelligenz nicht begriffen zu haben. Wild mochte zäh sein und mit den Unannehmlichkeiten, die Ausgrabungen im Ödland mit sich brachten, klarkommen, aber er war zu alt für so ein Abenteuer, war Ducan überzeugt.

Rupert Wild und Jill Tine hatten mit General O'Brix einen Pakt mit dem Teufel geschlossen, und nun saßen sie hier – wie alle Wissenschaftler des Charles-H.-Sternberg-Instituts – in dieser grünen Hölle fest.

Diese junge Jill Tine schien, als das alles hier losging, nicht begriffen zu haben, worauf sie sich einließ, überlegte der Soldat weiter.

Was war wohl aus ihr geworden? Ob sie noch lebte? Ihre Distanz zu ihm und seinen Kameraden war dumm. Sie musste das Militär nicht mögen, aber sie waren die Einzigen, die ihr und den wissenschaftlichen Zivilisten hier eine Überlebenschance geben konnten.

Was weder Wild noch Jill Tine wussten: Groteskerweise erhöhte der grausame Tod von Wes Taggert ihre Überlebenschancen. Und wenn er, Jac Ducan, Klauen und Zähnen einer prähistorischen Spezies zum Opfer fallen würde, wären die Zivilisten fast gerettet. Denn: Wenn er am Abend dem Kommandostab außerhalb der Zone mitteilen würde, dass es mindestens einen Kollateralschaden zu verzeichnen gab, so verkürzte sich die Quarantänezeit für die Zivilisten. Sollte der Kommandostab weder von ihm noch von einem anderen Soldaten Meldung erstattet bekommen, würde das als Beleg für weitere Todesfälle gewertet, das Erreichen der Missionsziele als gefährdet eingestuft und ein Strategiewechsel vorgenommen.

Dazu würden zunächst die festgesetzten Zivilisten evakuiert.

Diese Vorgehensweise deutete Ducan als weiteren Beleg für Planlosigkeit, da offenbar Militärbürokraten, statt Virologen oder Infektiologen die Quarantänezeit festlegten.

Jac Ducan atmete tief ein, sammelte neue Kräfte. Er war Soldat, er befolgte Befehle, er hinterfragte all das nicht offen. Aber er würde in den nächsten Jahren andere Abzeichen an seiner Uniform tragen und diese Mission hier half ihm dabei. Sobald *er* in der Hierarchie aufgestiegen war und mitentscheiden konnte, würde sich einiges ändern!

Er raffte sich auf, trat an das Geländer des Depots und blickte nach unten: Die Wiese lag plattgetrampelt und verlassen da. Die Kentrosaurier waren im Wald verschwunden. Ducan blickte in die Ferne auf das Blätterdach des Waldes. Ein paar Kilometer nordwestlich von hier, hinter den Bäumen verborgen, lag ein weiteres Depot, das neben einer Laborausstattung für mikrobiologische Untersuchungen auch Sammelcontainer beherbergte, in denen Ducan die wertvollen Proben sicher hinterlegen wollte. Dahin würde er gleich aufbrechen.

In seinem Magen schien alle Flüssigkeit zu gären, ihm war schlecht, die Vorstellung zu essen, ekelte ihn an. Dennoch: Er sollte etwas essen – hier und jetzt, denn auf dem Dach des Depots würde vorerst der letzte Ort sein, an dem er vor neugierigen oder jagenden Tieren zumindest einigermaßen sicher wäre. Er kramte aus seinem Rucksack einen Kohlenhydratkomprimat-Riegel heraus, riss die Vakuumverpackung auf und biss in den leicht süßlichen Riegel. Er mochte diese komprimierten Nahrungsmittelmischungen nicht besonders, aber er würde vorerst keinen Hunger mehr verspüren. Kauend blickte er auf den umgerissenen Mast des Windmessers, der jetzt genauso nutzlos war wie der Regenmesser, den der Kentrosaurus gegen die Depotwand geschleudert hatte wie ein Betrunkener eine Bierdose. Völlig egal, dachte Ducan verbittert. Dass dieses Depot mit seinen vor sich hin messenden und aufzeichnenden Geräten helfen würde, das Cretaceous-Virus jemals einzudämmen, bezweifelte Ducan ohnehin. Anders sah es bei den Insektenfallen aus. Denn sollten die Wissenschaftler in ihren Laboren tatsächlich das Virus in Insekten nachweisen, so würde eine Arbeitsgruppe, zu der Ducan gehörte, grünes Licht für ihr Projekt bekommen.

Ihr Ziel: Das Vorhersagen oder sogar Verhindern von Infektionsclustern – mit Hilfe von Satelliten. Diese konnten aus der Erdumlaufbahn Oberflächentemperatur der Erde, Niederschlagsmengen und Vegetationsdichte in bestimmten Regionen messen. Aus diesen Daten wiederum konnten Biologen und Seuchenforscher Rückschlüsse darauf ziehen, wie hoch das Vermehrungspotential von Überträgerinsekten sein würde. Diese Technik war weder neu noch unerprobt. So waren im mexikanischen Bundesstaat Chiapas sechzehn Lebensräume der Malariaparasiten übertragenden Anophelesmücken identifiziert worden. Der Erfolg des Verfahrens bestätigte sich auch in Kenia, als sich die so erhobenen Daten mit dem Anstieg und Abebben von Malariainfektionen deckten. Doch was Ducan an dieser Studie am meisten Mut machte: Die aus der Erdumlaufbahn gesammelten physikalischen Messwerte gingen den Krankheitsfällen auf der Erde einige Wochen voraus. Die Malariawellen ließen sich somit besser voraussagen als ein Unwetter. Der naheliegende nächste Schritt war daher, die so erstellten Prognosen als Grundlage zu nutzen, um zur richtigen Zeit am richtigen Ort mit Drohnen Insektizide zu versprühen, die Überträgerinsekten so zu töten, um Viruskatastrophen zu verhindern. Diese Vision trieb Jac Ducan an, hatte ihn hierher geführt, und für sie setzte er sein Leben aufs Spiel. Er warf die Verpackung seines Riegels vom Dach, griff nach seinem Rucksack und wandte sich der Leiter zu, die seitlich am Depot hinunter auf die plattgetrampelte Wiese führte.

Nach etwa zehn Gehminuten durchquerte er einen dichten Mischwald auf einem alten Weg, der vermutlich noch aus der Zeit des aktiven Bergbaus in der Region stammte. Weitere zehn Minuten später lichtete sich der Wald. Ducan blieb unvermittelt stehen. Die Bäume wuchsen hier in bedeutend weiteren Abständen als bislang, was einerseits weniger Deckungsmöglichkeiten für ihn, andererseits auch für umherstreunende oder gar jagende Tiere bedeutete. Doch hier verliefen Spuren, die Ducans Aufmerksamkeit auf sich zogen: Wenn auch teils nur schwer zu erkennen, stammten sie eindeutig von mehreren, nicht allzu großen Tieren, die nebeneinander in dieselbe Richtung gelaufen waren. Diese Beobachtung wäre für die Beherrschung später entstehender Cretaceous-Zonen sicherlich wichtig, denn: Wie sich Dinosaurier verhalten hatten, wurde in Forscherkreisen noch immer diskutiert. Ein Iguanodon-Massengrab im belgischen Bernissart hatte bereits im Jahr 1878 einen Hinweis darauf gegeben, dass Dinosaurier in Herden lebten. Weitere Massengräber wie eines in Montana, bei dem Paläontologen auf über 10.000 Maiasaura stießen, untermauerten diese Theorie, ebenso wie viele parallel verlaufende Fußspuren – ähnlich jenen, denen Jac Ducan gerade folgte. Die meisten der Spuren wiesen keine klaren Konturen auf, dennoch erkannte Ducan die starke Ähnlichkeit mit den Abdrücken eines Laufvogels. Es musste sich um mehrere Tiere handeln, die hier auf den Hinterbeinen entlanggelaufen waren. Vermutlich leicht gebaute, da die Spuren nicht sonderlich tief in den Boden gedrückt worden waren. Ducan war überzeugt, dass er den Spuren einer homogenen Herde folgte, was aus wissenschaftlicher Sicht keineswegs eine Selbstverständlichkeit darstellte. In Oxford hatten Forscher Spuren von langhalsigen Sauropoden entdeckt, die vor Millionen Jahren offenbar in einer gemischten Herde durch die Urwelt gewandert sein mussten. Warum? Darüber gab es verschiedene Theorien: Möglicherweise um sich so besser gegen Fressfeinde zu wehren oder um Jungtiere besser zu schützen. Vielleicht hatten sich diese Dinosaurier aber auch zu periodischen Wanderungen zusammengefunden.

Jac Ducan folgte den Spuren, beobachtete dabei die Bäume und Büsche um sich herum, lauschte. Dass er am Ende der Fährten vor einem Rudel Raubsaurier stehen könnte, das gerade gemeinsam seine Beute fraß und ihn sofort attackieren würde, glaubte er nicht. Auch er kannte die häufigen Darstellungen von karnivoren Dinosauriern, die sich zu Rudeln zusammenrotteten und so selbst große Beutetiere jagten und töteten. Beim Coelophysis – von dem ebenfalls ein Massengrab gefunden worden war – gab es tatsächlich die Annahme, dass er in Gruppen jagte. Doch das hier waren keine Coelophysisspuren. Diese Gattung konnte Jac Ducan seit seiner Ausbildung nicht leiden, und deren Spuren hätte er definitiv erkannt. Die Vorstellung von Raubsaurier-Rudeln widersprach der Beobachtung von Vögeln und Krokodilen, den nächsten Verwandten der Dinosaurier. Bei beiden ist Jagen in Rudeln ungewöhnlich.

Nicht ungewöhnlich war hingegen, dass sich Reptilien beim Streit um Fressen gegenseitig töteten. Ein solches Verhalten würde auch erklären, warum Paläontologen mehrere Allosaurier-Skelette an einem Platz gefunden hatten, die sie fälschlicherweise für ein Rudel gehalten hatten. Derselbe Irrtum lag auch bei der Gattung Deinonychus vor, war Ducan überzeugt.

Die Spuren verliefen bis jetzt geradlinig. Ducans Stirn legte sich sorgenvoll in Falten, als er bemerkte, dass ihn die Fährte schon sehr bald in ein schlecht einsehbares Gebüsch führte. Er verlangsamte seinen Schritt, hob sein Gewehr und lauschte erneut. Kein Rascheln, kein Knurren, Fauchen oder andere Laute, die darauf hindeuteten, dass hinter dem Laub eine Gruppe Dinosaurier lauerte. Vorsichtig durchstreifte er die Büsche und blieb wie versteinert stehen. Mit dem, was er sah, hatte er nicht gerechnet. In jedem Fall würde das Handbuch für die Einsätze in Cretaceous-Zonen ein weiteres Kapitel benötigen, war der Soldat überzeugt.

Kapitel 9
Rupert Wild und Jill Tine – am Stollen

Rupert Wild und Jill Tine erreichten das Ende des Pfads, vor ihnen lagen eine Lichtung und der Eingang des alten Stollens. Nach all den Jahren, die seit dem Ende des Bergbaus ins Land gezogen waren, wirkte dieser fast wie ein natürlicher Höhleneingang. Kletterpflanzen bedeckten die rotbraunen Felswände, zwischen herumliegenden Steinbrocken sprossen Koniferen. Jill kannte den Eingang und das rostige Schild mit der Aufschrift *„Betreten verboten! Lebensgefahr!"*, das Besucher davon abhalten sollte, in dem alten Stollen ein Abenteuer zu suchen und dabei den Tod zu finden. Doch nun schien ihr dieser Eingang in die Dunkelheit geradezu einladend.

Rupert Wild packte Jill am Arm. Sie sah ihn verwundert an: „Worauf warten wir?", formte sie mit den Lippen. Dann erst bemerkte sie, wie bleich Rupert Wilds Gesicht war, sie folgte seinem versteinerten Blick. Am Ende der Lichtung, nahe des Stolleneingangs wucherten hohe Farne, und gut zwei Meter darüber hinaus ragte ein breiter und länglicher Raubsaurierkopf empor. Die erdbraunen Schuppen erinnerten Jill an einen Komodowaran, doch dieses Tier war bedeutend größer. Das musste der Megalosaurus sein.

Der prähistorische Jäger streckte den Kopf in die Luft und schnupperte. Neben ihr ging Rupert Wild langsam in die Hocke und richtete sich Sekunden später mit einem faustgroßen Stein in der Hand wieder auf. *Das ist doch nicht sein Ernst!*, schoss es Jill durch den Kopf. Der Mann war Wissenschaftler, und selbst ihr war klar, dass so ein Stein bei einem Raubsaurier dieser Größe niemals etwas ausrichten könnte. – Außer dass er sich angegriffen fühlen würde, was sicher einen Gegenangriff provozierte.

Rupert Wild warf den Stein. Er flog in einem Bogen durch die Luft, verschwand in den hohen Farnwedeln und prallte irgendwo mit einem Pochen gegen einen Baumstamm. Der Kopf des Megalosaurus ruckte in die Richtung, er stampfte los, trat aus der Deckung der Farne hervor, und erst jetzt erkannte Jill Tine wirklich, wie riesig dieses Tier war. Es bewegte sich auf den Hinterläufen, deren Länge Jills kompletter Körpergröße entsprach. An dem wuchtigen Oberkörper bemerkte sie verhältnismäßig kurze Arme, die in dreifingrigen Klauen endeten, die jedoch sicher in der Lage waren, einen Menschen von oben bis unten aufzuschlitzen. Der lange Schwanz des Megalosaurus schwang beim Gehen in ihrer Kopfhöhe hin und her.

Jills Mund fühlte sich trocken an.

„Ich zähle bis drei, dann rennen wir in den Stollen!", beschloss Rupert Wild.

„Eins..."
Der Megalosaurus senkte schnüffelnd den Kopf und versenkte ihn in den Farnen.

„Zwei..."
Der Saurier machte einen Schritt nach vorn, sein wuchtiger Oberkörper verschwand in der Vegetation.

„Drei!"
Sie rannten los, raschelten durch das Gras, dann wetzten sie über das Geröll vor dem Stolleneingang. Rupert Wild drehte den Kopf über die Schulter und spähte zu dem Megalosaurus hinüber. Auch der Schwanz des Raubsauriers verschwand nun im Dickicht. Er schien sie nicht zu bemerken. Der dunkle Stolleneingang lag nur noch wenige Schritte vor ihnen. Wild rutschte auf dem Geröllboden aus, fing sich, rannte weiter, dann umgab sie die Schwärze des Stollens.

Die Luft war kühl. Es dauerte einen Moment, bis sich ihre Augen an das spärliche Licht gewöhnten. Felsbrocken, so groß wie Kühlschränke, lagen teils auf dem sandigen Boden verteilt, teils verkeilt aufeinander. Sie boten vielleicht Versteckmöglichkeiten, überlegte Wild. Außerdem bemerkte er armlange Bohrer, die der Rost bereits fast völlig zerfressen hatte, und unförmigen Metall-schrott – Relikte, die an die Zeiten des Bergbaus erinnerten.

Zielstrebig eilte Jill auf eine alte Petroleumlampe zu, die auf einem Felsbrocken vor sich hin rostete. „Die stammt nicht aus der Zeit der Montanindust-rie. Die haben lebensmüde Hobby-Fossilienjäger hier hinterlassen", kommentierte sie.

Wild blickte nervös in Richtung des Stolleneingangs, vor dem jederzeit die Silhouette des Mega-losaurus auftauchen könnte. Er zuckte die Achseln: „Nützt uns die Lampe denn etwas?"

Jill hob sie behutsam an, blickte prüfend hinein, dann zu Wild hinüber: „Wenn die Lampe aus der Zeit des Bergbaus stammen würde, nicht. Sie ist aber jünger, und es ist noch Petroleum oder Ähnliches darin."

Jill tastete ihre Hosentaschen nach Streichhölzern ab. Erst bei der Berührung ihrer nassen Hose wurde ihr klar, dass sie keine Chance hatte, diese Lampe zu entzünden.

„Haben Sie Feuer?", fragte sie Wild. Der schüttelte den Kopf. Dann wurde es dunkel im Tunnel.

Sie erkannten die riesenhafte Silhouette des Megalosaurus im Stolleneingang. Das Tier schnüffelte hörbar. Sofort duckten sich Rupert Wild und Jill hinter einen der Steinbrocken. Der Megalosaurus stampfte tiefer in den Stollen hinein. Jeder seiner Schritte wirbelte Staub auf und hallte von den Felswänden wider. Er blieb stehen, bewegte langsam den Kopf von links nach rechts und schnüffelte erneut. Dann schien er Rupert Wild und Jill Tine direkt anzusehen.

„Kletter da hoch! Ich verschwinde in die Richtung!", schrie Wild.

Der Megalosaurus knurrte wütend und blickte einen Atemzug lang unentschlossen zwischen Rupert Wild und Jill Tine hin und her.

Er entschied sich für Rupert Wild. Mit einem Brüllen schnellte der Dinosaurier vor, schnappte nach Wild, der sich flach auf den Boden warf und schmerzhaft auf Sand und Steinen aufprallte. Die Kiefer des Raubsauriers schnappten krachend über ihm zusammen. Wild robbte nach vorn und zwängte sich zwischen zwei verkeilten Felsbrocken hindurch. Er drehte sich zu dem Dinosaurier um, dessen riesiger Kopf sich auf ihn zuschob. Ein Stein prallte gegen das Auge des Dinosauriers. Er brüllte, zwinkerte mehrmals und schüttelte den Kopf, bevor er sich zu seiner vollen Größe aufrichtete und in die Richtung spähte, aus der der Stein gekommen war.

Jill Tine hockte zitternd auf einem erhöhten Fels-vorsprung. Erst jetzt erkannte sie, welche Folgen ihr Steinwurf nach sich zog. Jetzt, Auge in Auge mit dem Megalosaurus, dämmerte ihr auch, dass der höchste Vorsprung, den sie hatte erreichen können, genau in dessen Kopfhöhe lag.

Kapitel 10
Jac Ducan

Er analysierte das Gelände vor sich: Bäume und Büsche wuchsen auch hier in weiten Abständen voneinander, weshalb der Boden wahrscheinlich nicht so stark von Wurzeln durchzogen war wie im Wald. Vermutlich hatten deshalb die Dinosaurier, deren Spuren er bis hierher gefolgt war, diesen Platz ausgewählt, um sich kleine Höhlen ins Erdreich zu graben.

Vor ihm lagen sechs Erdlöcher, jedes von einem Durchmesser, der ausreichte, dass Jac Ducan ohne Probleme hätte hineinkriechen können. Sofort erkannte er die Parallelen zu modernen Reptilien: Riesenwarane versteckten sich nachts in selbst gegrabenen Erdhöhlen, Felsspalten oder auch Bauten anderer Tiere. Da diese Echsen in Australien lebten, zogen sie sich auch in der Mittagszeit in ihre Bauten zurück, um der extremen Hitze zu entkommen. Das war hier in Kanada nicht notwendig, weshalb Ducan unsicher war, ob jetzt Tiere in den Erdhöhlen steckten oder sie verlassen dalagen und sich ihre Bewohner hier irgendwo herumtrieben.

Vorsichtig trat er ein paar Schritte auf die dunklen Löcher zu, beugte sich vor und versuchte vergeblich, etwas darin zu erkennen. Zwei Dinge bereiteten ihm Sorge: Zum einen natürlich die Unsicherheit darüber, was da jeden Moment aus den Erd-löchern gekrochen kommen könnte. Zum anderen die Gefahr, dass das Erdreich unter ihm nachge-ben und er so in die Höhle einbrechen könnte. Orientiert an denen von Riesenwaranen wäre das kein tiefer Sturz. Mehr als einen Meter reichten deren Bauten nicht unter die Erde. Doch wenn dies passierte und ein Saurier lag dort unten, wür-de Ducan direkt auf oder neben dem aufgeschreck-ten Tier landen, und dann wäre es wohl egal, ob es ein Fleisch- oder Pflanzenfresser war – das Tier würde sich mit Zähnen und Krallen verteidigen.

Ducan trat einen weiteren Schritt vor. Auf der Vorderseite, von der er sich näherte, sollte die Ge-fahr eher gering sein. Oder? Bis zu acht Meter Länge dehnten sich die Höhlen von Waranen aus. Ducan vermutete jedoch, dass vor allem der Be-reich jenseits der Löcher gefährlich war.

Drei Schritte trennten ihn noch von einem der Höhleneingänge. Die Erde hier war mit sehr hoher Wahrscheinlichkeit mit Haut, vielleicht auch Spei-chel oder anderen Körperflüssigkeiten von dem Tier, das dieses Loch gegraben hatte, in Berüh-rung gekommen, überlegte Ducan. Er legte seinen Rucksack ab, um Probenbehälter herauszukramen. Vielleicht würde diese Probe den Wissenschaft-lern im Labor später wirklich weiterhelfen, hoffte Ducan. Er trat einen weiteren Schritt auf das Erdloch zu, streckte die Hand mit dem Spatel aus und zögerte.

Es klang wie ein Schnarchen, leise aber regelmäßig, was da aus dem Erdloch zu ihm hinaufdrang. Darin liegt tatsächlich ein Tier und schläft, war Ducan überzeugt. Sein Mund wurde trocken. Probe nehmen, den Rucksack packen und dann nichts wie weg hier, plante er die nächsten Schritte. Den Fehler, die sterile Kunststoffbox noch einmal in Hörweite eines reizbaren Sauriers zu schließen würde er kein zweites Mal begehen.

Ducan atmete tief durch. Es ging los. Er streckte den Arm aus, um möglichst nah vom Höhleneingang die Probe zu nehmen, zog die Hand jedoch wieder zurück. Warum vorschriftsmäßig kleine Mengen mit dem Spatel ins Innere des Behälters löffeln, wenn es auch einfacher und schneller ging?

Er steckte den Spatel zurück in sein Etui, packte das Proberöhrchen und stieß damit in die Erde, als sei es ein Sandspielzeug. Der schlanke Behälter war sofort gefüllt. Ducan lächelte, zog den Arm zurück, dann fror sein Lächeln ein. Lockere Erde, losgestoßen von seiner ungestümen Bewegung, rieselte in das Erdloch. Ducan flüsterte einen Fluch, nur langsam ebbte der Miniatur-Erdrutsch ab. Er lauschte: weiterhin das regelmäßige Schnarchen aus der Dunkelheit der Erdhöhle. Im Augenwinkel bemerkte er, dass sein schwerer Militärrucksack sich in eine Schieflage schob und ins Erdreich absackte! Ducan sprang auf, packte den Rucksack, spürte, wie der Waldboden unter seinen Stiefeln wegbrach und er fiel.

Er landete auf lockerer, kühler Erde direkt neben dem Schnabel eines blau gefiederten Kopfes, den ein auffälliger graugrüner Schädelkamm zierte. Ducan schluckte. Dieser Schädelkamm glich dem von heute lebenden Kasuaren. Diese großen Laufvögel aus Neuguinea fraßen Früchte, aber auch Pilze, Insekten, Frösche und sogar Schlangen. Dennoch konnten sie Menschen angreifen und töten, was Kasuare durchaus taten, wenn sie sich bedroht fühlten.

Das Tier vor Ducan sprang auf und flatterte dabei wild mit seinen schwarz gefiederten Armen, die in klauenbewehrten Händen endeten. Es musste etwa die Größe eines Menschen haben, erreichte jedoch mit dem gefiederten Schwanz eine Länge von etwa drei Metern, schätzte Ducan und rutschte verängstigt ein Stück nach hinten, bis er die kühle Erdwand der eingebrochenen Höhle im Rücken spürte. Das Tier schüttelte seinen Kopf und stieß ein lautes Schnattern aus. Das muss ein *Citipati* sein, befürchtete Ducan. Vermutlich ein allesfressender Dinosaurier. Ich muss aus diesem Loch heraus. Um ihn herum wurde es laut: Wütendes

Schnattern setzte ein, weitere Citipati krochen aus ihren Löchern, aufgeschreckt von der Gefahr, die vermeintlich von ihm, Jac Ducan, ausging. *Wo war das Proberöhrchen mit seiner Erdprobe?* Ducan verließen einen Moment alle Kräfte: Das Proberöhrchen lag direkt zwischen den klauenbewehrten Füßen des Citipati vor ihm. Ohne weiter nachzudenken schnellte Ducan nach vorn, packte es und sprang aus der eingebrochenen Höhle. Der Citipati schob drohend den Kopf vor und riss den Schnabel auf. Sein krallenbewehrter Hinterfuß trat zu. Dass er Ducan verfehlte, war reiner Zufall.

Sechs Citipati rannten aufgeregt um die Erdlöcher herum, schnupperten, schnatterten, plusterten sich auf. Ducan warf sich im Laufen den Rucksack über die Schulter, hob sein auf der Erde liegendes Gewehr auf und lief los, weg von dem Dinosaurier-Rudel. Er spürte einen Stoß gegen seinen Rucksack, dann wurde er mit extremen Kräften zurückgezogen. Er fiel, über ihn beugte sich ein Citipati und riss den Schnabel auf. Die Haut dessen Knochenkamms hatte sich jetzt dunkelrot verfärbt, was Ducan als Drohgebärde interpretierte.

Das Tier senkte seinen Kopf über Ducans, der riss sein Gewehr quer mit beiden Händen hoch, schlug es gegen den Hals des Citipati und versuchte ihn so auf Abstand zu halten. Die bernsteinfarbenen

Augen des Dinosauriers bewegten sich hektisch. Mit einer ruckartigen Bewegung packte er Ducans Gewehr, richtete sich auf und warf es weg. Es landete lautlos auf dem Erdboden. Ducan rollte sich zur Seite, griff gleichzeitig in die aufgenähte Tasche seiner Hose, zog die Rauchgranate hervor, riss den Sicherungsstift heraus und warf sie dem Citipati vor die Füße.

Die Rauchfontäne schoss in die Höhe. Der Citipati flatterte panisch mit den gefiederten Armen, tanzte kurz von einem Fuß auf den anderen, dann sprang er aus dem Stand über zwei Meter nach hinten. Panik breitete sich unter dem Dinosaurier-Rudel aus, die Tiere rannten durcheinander, schrien, bissen und traten sich gegenseitig.

Ducan packte seinen Rucksack, lief los, fand sein Gewehr, nahm es und rannte. Einmal drehte er sich um. Die weißgraue Rauchwolke hatte sich ausgebreitet. Darin erkannte er die Silhouetten der kreischenden Citipati.

Was für eine Ironie, dachte Ducan. *Citipati* leitet sich aus zwei Sanskrit-Wörtern ab: *citi* – für Scheiterhaufen und *pati* – für „Lord". Das wiederum lag daran, dass in der tibetischen Buddhisten-Folklore „Citipati" zwei Mönche waren, die ein Dieb während ihrer meditativen Trance enthauptete. Häufige Darstellungen zeigten diese Citipati als tanzende, von Flammen umgebene Skelette, wie sich Ducan an einen Exkurs in seiner Ausbildung erinnerte.

Erst als Ducan das Schnattern der Citipati nicht mehr hörte und ihn ein schattiger Mischwald umgab, blieb er stehen. Er schnappte nach Luft, schloss einen Moment die Augen, genoss den Geruch von feuchter Erde und vermoderndem Laub auf dem Waldboden.

In seinem Bericht würde er definitiv von der Möglichkeit einer Koexistenz von Menschen und prähistorischen Spezies abraten! Es waren eben nicht nur Größe, Kraft, Krallen, Zähne oder Stacheln, von denen Gefahr ausging. Im Grunde war dieses Gefahrenpotential sogar relativ einfach einzuschätzen, wie Ducan fand. Aber das Verhalten – eben wie, wann und warum genau diese Tiere all das einsetzten, das war nicht vorhersehbar.

Dass die Citipati wegen ihrer offenbaren Ähnlichkeit zu heute lebenden Kasuaren möglicherweise ebenfalls dämmerungs- und nachtaktiv waren, dass sie wie Kasuare Aktivitätsspitzen in der Morgen- und Abenddämmerung aufwiesen, hätte man vielleicht sogar noch vermuten können. Doch Kasuare ruhten im Sitzen, statt sich wie Warane einzugraben. Damit hatte keiner gerechnet.

Ducan schüttelte den Kopf. Was ihren Wissensstand anging, standen sie noch am Anfang, aber die Krise tobte bereits um sie herum, unvorhersehbar und unkontrollierbar. Wir bauen die Kanonen im Krieg, dachte Ducan. Und seine Mission war es, die wertvollen Proben in dem vorgesehenen Depot sicher zu hinterlegen. Zwei Atemzüge lang gönnte sich der Soldat eine Pause, dann setzte er seinen Weg durch den Wald fort.

Kapitel 11
Im Stollen

Jill Tine presste sich mit dem Rücken an die Felswand des Stollens. Der Megalosaurus kam mit donnernden Schritten näher auf den Felsvorsprung zu, auf dem sie sich verschanzt hatte und der sich nun als Falle entlarvte. Ein Haufen Felsbrocken, teils von der Größe eines Autos, zwang ihn dazu, einige Meter vor ihrem Felsvorsprung zu stoppen. Doch der Megalosaurus reckte sich nach vorn, und sein zähnestrotzendes Maul kam immer näher. Sie roch den fauligen Atem des Raubsauriers direkt vor sich. Panisch rutsche Jill zur Seite, soweit es das kleine Plateau zuließ und umklammerte alles, was sie in die Finger bekam. Erst jetzt bemerkte sie, dass sie immer noch die Petroleumlampe in der Hand hielt. Jill hob sie in die Luft und ließ sie direkt vor dem Maul des Dinosauriers auf den Felsen krachen. Glassplitter flogen, Petroleum spritzte durch die Luft. Das Klirren hallte von den Stollenwänden wider. Der Megalosaurus schnüffelte, seine Zunge schoss hervor, zuckte über den Felsvorsprung und erwischte Petroleum und Glasscherben. Er brüllte und wandte sich ab. Jill blieb immer noch starr vor Angst sitzen, glaubte noch nicht daran, dass der Raubsaurier nun wirklich von ihr ablassen würde. Doch da war etwas anderes, das das Interesse des Raubtiers auf sich zog. Auch Jill hörte es: Von draußen drang ein Geräusch zu ihnen, das Jill an das Muhen einer Kuh erinnerte, aber sie wusste, dass dies zu schön wäre, um wahr zu sein.

„Hey!" Jill bemerkte jetzt Rupert Wild am Stollenausgang, der offenbar versuchte, den Megalosaurus mit Winken auf sich aufmerksam zu machen. Ihr stockte der Atem. So ungeschützt konnte es nur Sekunden dauern, bis der Raubsaurier Wild erreichte, mit den Zähnen packte und zerreißen würde.

Der Dinosaurier drehte sich zu Wild um und beugte sich vor, bereit zum Angriff. Sein Schwanz peitschte durch die Luft und verfehlte Jill nur knapp.

„Ich locke ihn weg! Lauf raus und versteck dich im Wald! Ich habe einen Plan!", hallte Wilds aufgeregte Stimme zu ihr durch den Stollen. Der Megalosaurus knurrte, Wild drehte sich um und rannte los, der Raubsaurier setzte ihm nach.

Jill Tine sprang von ihrem Felsvorsprung auf einen Geröllhaufen, den sie mehr hinunterrutschte als hinunterkletterte. Unten angekommen, rannte sie durch die Staubwolke, die der Saurier hinterlassen hatte. Von draußen hörte sie das Brüllen des Megalosaurus, dann erneut den muhenden Ruf, den sie keinem Tier zuordnen konnte.

Jill stolperte aus dem Stollen auf die Wiese. Die Sonne blendete sie, Staub brannte ihr in den Augen. Sie kniff reflexartig die Lider zusammen, zwinkerte, blinzelte, dann erst erkannte sie, was vor ihr auf der Lichtung seinen Lauf nahm.

Nur wenige Meter vor ihr ragte der Megalosaurus auf und unmittelbar hinter ihm ein vierbeiniger Dinosaurier mit massivem Knochenpanzer, der sich über den ganzen Rücken und den Schwanz zog, der in einer wuchtigen Knochenkeule endete.

Selbst für sie als nicht wissenschaftliche Zivilistin war unmissverständlich klar: Der Megalosaurus hatte ein Opfer gefunden, das seinem natürlichen Speiseplan bedeutend näher kam. Doch dieses Tier war wehrhaft. Etwas schlang sich von hinten um Jills Hals, legte sich über ihren Mund, so dass sie nicht schreien konnte und zog sie behutsam zurück. *„Wir müssen in Deckung, solange der Megalosaurus mit dem Ankylosaurus beschäftigt ist!"*, raunte ihr Rupert Wild ins Ohr.

Der Ankylosaurus blickte aus Augen, deren Lider sogar von zwei kleinen Knochenplatten geschützt wurden, zu dem Raubsaurier hinauf. Farnwedel hingen dem Pflanzenfresser noch aus dem breiten Hornschnabel. Doch die dahinter liegenden blattförmigen Zähne mahlten nicht mehr, das kleine Gehirn des Tieres hatte vom Fress- in einen Verteidigungsmodus gewechselt. Das erkannte Rupert

Wild daran, dass sich der Ankylosaurus flach auf den Boden drückte. Er verhält sich tatsächlich so, wie wir es vermutet haben, bemerkte der Paläontologe. Denn so extrem, wie Rücken und Flanken des Sauriers gepanzert waren, so ungeschützt war dessen Unterseite. Einmal auf den Rücken gestoßen, wäre er den tödlichen Bissen des Megalosaurus ausgeliefert. Und der hatte ein begründetes Interesse an so einer Beute: Der etwa neun Meter lange Ankylosaurus brachte bis zu 3,5 Tonnen auf die Waage, wusste Wild, was mehr als eine üppige Mahlzeit für den Megalosaurus bedeuten würde.

Das Knurren des Raubsauriers riss Wild aus seinen Gedanken. Der Ankylosaurus duckte seinen Kopf so tief es ging und wandte sich nun von dem Megalosaurus ab. Der verstand die Abwehr, seine Instinkte mussten ihn warnen, dass er gleich in Reichweite der gefährlichen Schwanzkeule stehen würde.

Mit weiten Schritten begann er, den Ankylosaurus zu umkreisen, während dieser sich um die eigene Achse drehte. Der groteske Tanz dauerte nicht lange, dann Griff der Megalosaurus an. Er brüllte, schnappte mit dem Kiefer, doch für seine eigentliche Attacke nutzte er einen seiner klauenbewehrten Hinterläufe. Der Megalosaurus trat gegen die gepanzerte Flanke des Ankylosaurus und versuchte, ihn so umzustoßen. Der schwang seine

Schwanzkeule, verfehlte das Bein des Megalosaurus nur knapp und traf den Stamm einer jungen Birke, die mit einem lauten Knacken abknickte. Der Megalosaurus stieß erneut zu. Diesmal schaffte er es, die attackierte Seite des Ankylosaurus für einen Moment in die Luft zu reißen. Der Ankylosaurus reagierte sofort mit einem Gegenangriff, traf diesmal den Oberschenkel des Angreifers. Der Megalosaurus taumelte und stürzte um, direkt auf Jill Tine und Rupert Wild zu.

Der schuppige Raubsaurierkopf landete direkt neben ihnen in den Farnen. Rupert Wild sah das Reptilienauge, das sich beim Aufprall nach oben verdrehte, als der Megalosaurus kurz das Bewusstsein verlor. Wild spürte einen festen Griff am Oberarm, Jill Tine zerrte an ihm. „*Wir müssen hier weg!*", hörte er sie kreischen. Wie hypnotisiert nickte er nur, dann liefen sie los, ließen den Megalosaurus zurück, der mit einem tiefen Grummeln wieder zu Bewusstsein kam.

Rupert Wild und Jill Tine rannten direkt durch das Farngestrüpp, fernab eines Weges oder Pfades. Sie wussten weder wie weit noch wie lange. Irgendwann endete das Farnmeer und machte einer weiten Wiese Platz, aus der verdorrte Bäume ragten, die ihre blattlosen Äste in Richtung des blauen Himmels streckten – und mitten auf dieser weiten Graslandschaft erhob sich ein Depot, auf dessen olivgrüner Seite die Nummer „*07*" und der Schriftzug „*Erste-Hilfe-Station*" prangte.

Sie taumelten in das Depot, wuchteten hinter sich die Panzertür zu und schoben einen schweren Riegel vor. Mit dem Abfall ihres Adrenalinspiegels kehrten die Schmerzen in Jills Bisswunde zurück, die ihr der Flugsaurier zugefügt hatte. Sie humpelte bis zu einer der Pritschen an der Rückwand des Depots und stemmte sich mit den Armen hinauf. Wie hatte sie die Anstrengungen bis jetzt nur überstanden? Rupert Wild schritt an einem der Stahlschränke entlang und überflog die Beschriftungen auf den Schubladen. „Dein Bein bekommen wir schon wieder hin", stieß er hervor, wobei er trotz der Atemlosigkeit versuchte, optimistisch zu klingen, doch Jill bemerkte dessen Zweifel in der Stimme. Sie betrachtete mit zusammengebissenen Zähnen die Verletzung an ihrer Wade. „Und wie?", wollte sie dann wissen. Wild öffnete einen der Stahlschränke und zog eine hellblaue Kunststoffkiste von der Größe eines Schuhkartons heraus. Er trat zu ihr an die Pritsche und legte den Erste-Hilfe-Koffer neben sie.

„Auf das, was hier passiert, ist selbst eine moderne Spezialeinheit des Militärs nicht angemessen vorbereitet", meinte Wild und strich sich mit dem

Hemdärmel Schweiß von der Stirn, bevor er fortfuhr: „Aber gut ausgerüstet sind sie trotzdem."

Jill sah von dem Erste-Hilfe-Set auf. „Die Erkundungsmission, die die von uns erwarten, haben wir wohl krachend an die Wand gefahren. Oder?" Rupert Wild winkte ab. „Wir werden wohl nicht so viele Pheromonfallen an Bäume pinseln können, wie sie gerne für ihre Labore hätten. Aber ein Bericht über das, was wir eben erlebt haben, wird denen für zukünftige Einsätze sicher viel nützen. Vielleicht sogar Leben retten."

Jill betrachtete erneut ihre brennende Wunde. „Nur wenn wir all das irgendwann jemandem berichten können", sagte sie leise, und als ob Rupert Wild ihre Gedanken gelesen hätte, fragte der: „Ob dieser Soldat Jac Ducan nicht so viel Glück wie wir hatte?"

Kapitel 12
Jac Ducan

Jac Ducan warf wütend seinen Militärrucksack auf den grasbewachsenen Boden und fluchte leise. Er hätte vor Wut schreien wollen, doch er wusste, dass dies der falsche Ort war, um unnötige Aufmerksamkeit auf sich zu ziehen. Entmutigt setzte er sich auf einen umgestürzten Baumstamm und blickte wachsam über das Gelände:

Rechts von ihm, gut zweihundert Meter entfernt, erhob sich ein Mischwald, dessen gleichermaßen hohe wie dichte Vegetation selbst größere Raubsaurier verbergen konnte. Weiter links schweifte sein Blick über eine weitläufige Wiese, durch deren mehr als hüfthohen Wildwuchs alles Mögliche an Getier streifen konnte, selbst ein oder mehrere Coelophysis könnten sich hier bis auf wenige Schritte unbemerkt an ihn heranpirschen.

Der Grund für seinen Ärger lag jenseits von Wald und Wiese nur wenige Schritte nach links und geschätzt 25 bis 30 Meter unterhalb des umgestürzten Baumstamms, auf dem Jac Ducan nun saß. Dort unten auf einer weiteren Wiese stand ein olivgrünes Depot, jenes, das außer einer Laborausstattung für mikrobiologische Untersuchungen auch den Sammelcontainer beherbergte, in den Ducan seine wertvollen Proben sicher hinterlegen wollte.

Grimmig schüttelte er den Kopf bei dem Gedanken daran, dass dieses Depot nur wenige Meter vor ihm auf dieser Wiese hätte stehen sollen – wenn alles nach Plan gelaufen wäre.

Es war, wie alle Depots, mit Schwerlasthelikoptern hierher transportiert worden, die dem Hubschraubertyp „Mi-12" nachempfunden waren.

Dieser noch in der Sowjetunion entwickelte Hubschrauber war zwar nicht das Neueste, was Luftfahrtingenieure zu bieten hatten, aber mit seinen beiden seitlichen gegenläufigen Rotoren konnte er Rekordgewichte von bis zu 40.000 kg durch etwa 2.000 Meter Höhe transportieren. Um so ein Flugmonster mit einer Spannweite von 67 Metern zu steuern, benötigte man eine sechs bis zehn Personen starke Besatzung. Von dieser Mannschaft hatten Pilot, Copilot und Navigator völlig versagt, überlegte Ducan beim Blick auf das weit unter ihm liegende Depot.

Wie konnte einer hervorragend ausgebildeten Truppe in einem mit High-Tec vollgestopften Cockpit so ein gravierender Fehler unterlaufen?, fragte sich Ducan und stand auf, um seinen Rucksack zu schultern. Was sollte er jetzt machen? Einen Weg finden, der nach unten führte? Sollte es einen geben, würde er wahrscheinlich erst am Depot ankommen, wenn der Mond längst aufgegangen wäre – sollte er jemals ankommen. Nein – er verfolgte einen anderen Plan.

Ducan stapfte über die Wiese und blieb im Schatten der ausladenden Krone eines Baums mit breitem Stamm stehen. Der sollte geeignet sein, dachte er und zog einen aus Aluminium gefertigten Abseilachter von 15 Zentimeter Länge aus seiner Brusttasche. Er trat bis auf einen Meter an den Abgrund heran, blickte hinunter, bevor er seinen Rucksack erneut abnahm, um ein Kletterseil herauszunehmen. 50 Meter maß das Polyamid-Seil, das er nun durch seinen Abseilachter schlang, den er mit einem Karabiner an seinem Klettergurt einhakte. Das Seil zog er um den Baumstamm und knotete es fest. Ducan zerrte prüfend daran. Ein letzter Blick über Wiese und Wald: Kein Tier zu sehen. Dann ging es jetzt los.

Mit den Füßen an der Felswand seilte er sich Stück für Stück ab. Es funktionierte so gut wie im Training auf dem Militärübungsplatz. Nach kurzer Zeit lag der grasbewachsene Boden nur noch knapp zehn Meter unter ihm. Ducan wollte weiteres Seil durch den Abseilachter abspulen, um seinen Abstieg zu finalisieren, doch es bewegte sich nicht mehr. Er fluchte, versuchte es noch einmal: Kein Surren, mit dem das Seil durch den Achter lief, er kam dem Boden keinen Zentimeter näher, hing hier oben fest. Ducan ließ seinen Blick am Seil hinaufwandern, doch er erkannte keinen Grund für das plötzliche Problem. Er versuchte es erneut. Ducan spürte einen Ruck, dann stürzte er ab, bis ihn das Kletterseil abrupt auffing. Er atmete tief durch, gönnte sich einen Moment der Ruhe nach dem Schock, dann drehte er den Kopf über die Schulter, um die Entfernung bis zu der Wiese unter sich einzuschätzen.

Direkt unter ihm standen zwei Coelophysise und warteten auf ihn. Ducan unterdrückte einen Schrei. Wo waren diese Biester auf einmal hergekommen? Sie konnten sich fast lautlos bewegen und das schnell, wusste Ducan. Seine technische Panne beim Abseilen hatte seine Konzentration so sehr beansprucht, dass er für Reize aus der Umwelt nicht empfänglich gewesen war. Selbst die wenigen Augenblicke hatten offenbar gereicht, dass die flinken Raubsaurier aus ihrem Versteck hierher gehuscht waren. Ob sie ihn schon länger aus ihrer Deckung beobachtet hatten?, fragte sich der Soldat und spähte zu den Dinosauriern hinunter.

Den beiden Coelophysisen floss Speichel aus den Mäulern, was daran lag, dass ihre Instinkte ihre Körper bereits auf baldiges Fressen vorbereiteten, bemerkte Ducan und sagte sich dann: *Aber das könnt ihr vergessen!* Er würde einen anderen Weg zu dem Depot finden, selbst wenn er bis in die Nacht dafür marschieren müsste. Doch das stellte für ihn nur Herausforderung Nummer zwei dar. Zunächst galt es, Herausforderung Nummer eins zu meistern: Die schroffe Felswand wieder nach oben zu klettern. Ein weiterer Blick zu den Raubsauriern unter ihm, die die Hälse streckten, von einem Fuß auf den anderen traten und mit aufgerissenen Mäulern da standen wie Vogelküken, die gefüttert werden wollten, gab Ducan den Adrenalinschub, den er brauchte.

Mit vor Anstrengung schmerzenden Armen zog er sich ein Stück hinauf, während er mit den Füßen an der rauen Wand hinaufkletterte, immer nach Vorsprüngen und Spalten tastend, die ihm das Klettern erleichterten.

Im Vergleich zum Abstieg kostete ihn der Aufstieg mehr als doppelt so viel Zeit und das Dreifache an Kraft. Ducan schätzte, erst vier Meter erklommen zu haben, als er noch einmal einen Blick nach unten riskierte. *Vier* Coelophysise standen nun da, reckten ihre Hälse in die Höhe und warteten offenbar nur darauf, dass er dumm genug war, doch bis nach unten zu klettern oder – was wahrscheinlicher erschien – einfach abstürzte.

Obwohl Ducan klar war, dass es lediglich Tiere waren, die nur einem urzeitlichen Instinkt unterworfen waren, machte ihn die Vorstellung, dass sie auf einen Fehltritt seinerseits warteten, wütend. Das gab ihm Kraft, er beschleunigte seinen Aufstieg, und einige Minuten später zog er sich über die Kante des Abhangs. Einen Moment blieb auf er dem Rücken im Gras liegen, erholte sich, blickte in den blauen Himmel und verfluchte den Piloten, der seinen Job nicht vernünftig gemacht hatte und wegen dem er nun eine gefährliche Route bis zu dem Depot finden musste.

Vorsichtig, um nicht jetzt noch abzustürzen, blickte er noch einmal über die Kante. Die Coelophysise wetzten davon auf den Wald zu, nur Sekunden später verschwanden sie im Dickicht. *Mistviecher!*, dachte Ducan. Kaum haben die kapiert, dass es nichts zu fressen gibt, können sie es nicht abwarten, ein anderes Opfer zu suchen.

„Fressen und gefressen werden - dieser uralte Grundsatz der Natur gilt in einer Cretaceous-Zone umso mehr!", hatten ihm seine Ausbilder immer und immer wieder eingebläut. Die Erinnerung daran brachte Ducan zu einer schockierenden Vermutung: Was wäre, wenn die Coelophysise nicht losgerannt waren, um zu jagen, sondern dass sie gejagt wurden? Oder dass sie mit ihren animalischen Sinnen ein ihnen überlegenes Raubtier gewittert hatten, das sich ganz in der Nähe herumtrieb?

Ducan spreizte die Finger und presste die Hände auf den Boden. *Waren das Vibrationen?* Was noch im ersten Moment so schwach war, dass Ducan

sich nicht sicher war, ob ihm lediglich sein über-
reiztes Gehirn einen Streich spielte, war nur Sekunden später eindeutig: Der Boden vibrierte. Und
der Verursacher kam näher.

Ducan richtete sich auf. Er erstarrte. Sein Atem
setzte einen Moment aus. Mit offenem Mund blickte er auf das, was zwischen den Bäumen hervor-
trat. Er wusste, zu welchen Genomangleichungen
das Cretaceous-Virus bei zwei Meter langen Waranen oder großen Laufvögeln führen konnte. Doch
im Charles-H.-Sternberg-Institut hatte es sechs
Meter lange Krokodile gegeben. Infektionen sol-
cher Riesen mit dem Virus waren bislang nicht bekannt geworden. Bis jetzt. Wie hypnotisiert beobachtete Ducan den Dinosaurier, der einige Sekunden brauchte, bis er seinen geschätzt 16 bis 18
Meter langen Körper aus der Vegetation hervor-
geschoben hatte.

Der längliche Kopf mit seinem zähnestarrenden
Maul wies, bis auf seine monströse Größe, noch
durchaus Ähnlichkeit mit dem eines Krokodils
auf. Doch die sumpfgrünen Augen beobachteten
die Umgebung aus Höhe der Baumkronen. Der
schuppige Hals endete in einem Rücken, auf dem
sich ein gigantisches Hautsegel erhob. Ducan
wusste aus den Theorieblöcken seiner Spezialaus-
bildung, dass jeder der knöchernen Dornfortsätze,
die dieses rot geäderte Hautsegel trugen, mindes-

tens 1,70 Meter hoch war. Das war eine „Dornechse", wie die Übersetzung von *Spinosaurus* lautete. Größer als der Tyrannosaurus Rex war *er* bislang der größte bekannte Raubsaurier.

Die Erschütterungen im Boden rissen Ducan endlich aus seiner Schockstarre. Der Spinosaurus kam näher. Ducan hastete zu dem breiten Baumstamm, an dem er sein Kletterseil befestigt hatte, und drückte sich an die raue Rinde. Der Baum bot ihm die einzige Versteckmöglichkeit. Doch würde das reichen? Ducan zögerte. Keine Erschütterungen und dröhnenden Schritte mehr. Was war los? Vorsichtig spähte er um den Baumstamm.

Der Spinosaurus stand jetzt nur noch geschätzt vierzig Meter entfernt von ihm auf der Wiese. Um Ducan zu erreichen, würde er etwa zehn Schritte brauchen, vielleicht ein paar mehr. Ducan riss den Kopf zurück, presste sich noch fester gegen den Stamm und versuchte, die in ihm explodierende Panik zu bekämpfen, doch er konnte keinen klaren Gedanken fassen.

Er hörte ein gurgelndes Knurren, spürte erneut die rhythmischen Erschütterungen des Bodens, als der Dinosaurier, der zwischen vier und acht Tonnen wiegen musste, sich wieder in Bewegung setzte. Ducan zählte die Schritte: *Eins... zwei... drei... vier...*

Pause. Ein Schnuppern, dann die nächsten Schritte: *fünf... sechs...*

Erneutes Schnuppern.

Stille. Keine weiteren Erschütterungen. Trotzdem traute sich Ducan kaum zu atmen. Was war da los? Hatte er sich getäuscht und das Tier war nicht auf ihn zu, sondern tatsächlich weg von ihm gegangen?

Vorsichtig schob er den Kopf vor und lugte noch einmal um den Baumstamm. Der Spinosaurus stand nicht mehr weit von dem Baum entfernt. Die nächsten Vibrationen im Boden waren bedeutend heftiger: Der Dinosaurier rannte das letzte Stück. Sekunden später kam die krokodilhafte Schnauze neben der Krone von Ducans Baum in Sicht. Alles, was er je in seiner Ausbildung gelernt hatte, verschwand in diesen Momenten aus seinem Gedächtnis. Der Soldat stolperte los, rannte und wurde von einem heftigen Ruck des Seils gestoppt. Er war immer noch an den Baum gefesselt! Der Spinosaurus setzte ihm nach. Ducan umrundete den breiten Baumstamm, hinter sich der Spinosaurus, er rannte ein zweites Mal um den Stamm, spürte, wie sich sein Bewegungsradius merklich verkürzte. Er musste das Seil ausklinken. Seine Finger tatsteten zitternd an dem Karabiner herum, ohne dass er seinen Lauf stoppte. Dann ein Surren, als sich das Seil wieder abspulte. Ducan umrundete ein weiteres Mal den Baum, doch der Spinosaurus verfolgte ihn nicht mehr – er wartete auf ihn.

Schreiend sprang Jac Ducan zur Seite, taumelte auf den Abgrund zu und kam mit in der Luft rudernden Armen an der Kante zum Stehen. Der Spinosaurus schnappte nach ihm. Ducan überlegte nicht. Er sprang in den Abgrund.

Er stürzte.

Das Seil stoppte seinen Fall erst nach etwa zehn Metern. Schmerzhaft stieß er mit der Stirn gegen die Felswand. Von oben hörte er das gurgelnde Knurren des Spinosaurus, zu dem sich ein Rascheln von Blättern und Knacken von Ästen mischte. Mit vor Entsetzen geweiteten Augen beobachtete Ducan, wie die Krone des Baums, an dem sein Leben hing, schwankte. Dass der Spinosaurus genug Kraft besaß, um den Baum umzureißen, bezweifelte Ducan nicht. Er drehte den Kopf nach unten: Die Wiese lag verlassen da, kein Coelophysis und kein anderer Dinosaurier waren zu sehen. Sicher harrten alle Tiere im näheren Umkreis in Verstecken aus, bis der Spinosaurus weiterzog.

Das Knacken im Geäst oberhalb des Abgrunds erinnerte ihn daran, dass sein Leben fast am sprichwörtlich seidenen Faden hing. Er griff an den Karabiner, als sich der lange Kopf des Spinosaurus über die Kante schob. Bei dem Anblick verließen

Ducan alle Kräfte, er hing da wie ein von einer Spinne gelähmtes Insekt im Netz. Der Spinosaurus packte das Seil mit den Zähnen, biss jedoch nicht zu, sondern wirbelte den Kopf in die Luft. Ducan wurde in die Höhe gerissen wie ein Katzenspielzeug, er schrammte an der schroffen Felswand vorbei und stieß mit dem Kopf gegen den Stein. Ihm wurde kurz schwarz vor Augen, dann erst bemerkte er, dass er jetzt mindestens drei Meter höher hing als Sekunden zuvor.

Ein weiterer Ruck, die Welt schien einen schrecklichen Moment lang Kopf zu stehen, und er hing weitere zwei Meter höher. Die riesige Krokodilschnauze des Spinosaurus verschwand über ihm, der lange Schwanz schwang über den Abgrund. Das Tier hatte sich umgedreht. Dann wurde Ducan langsamer als zuvor, aber dafür kontinuierlich nach oben gezogen bis über die Kante. Er stemmte die Fersen in den Boden, versuchte erneut, den Karabiner zu lösen. Zu spät bemerkte er, dass sein Widerstand ihm zum Verhängnis werden sollte.

Der Spinosaurus riss den Kopf so weit er konnte nach oben. Ducan wurde von den Füßen gehoben, schwang durch die Luft und um den Körper des Spinosaurus, bevor er gegen das Sonnensegel auf dem Rücken des Dinosauriers prallte, an der schuppigen Haut hinabrutschte und abstürzte. Doch das Seil bewahrte ihn vor dem Aufprall, er baumelte in Höhe des gigantischen Oberschenkels des Spinosaurus, jedoch nur für einen kurzen Moment, bis ihn der Dinosaurier erneut durch die Luft wirbelte, hinauf zu dem zahnbewehrten Maul.

Ducan sah, wie das Tier das gut fingerdicke Seil mühelos durchbiss. Er flog durch die Luft, hörte sich selbst schreien, flog so hoch, dass er den riesigen Raubsaurier unter sich sah. Dann folgte der freie Fall. Ducan stürzte mit dem Kopf nach unten, die Wiese schien ihm entgegenzurasen. Der Aufprall, Schwärze.

Jac Ducans Bewusstsein kehrte nur langsam zurück. Was war passiert? Sein Kopf schmerzte, er konnte die Augen nicht öffnen. Man musste ihn gefunden und gerettet haben, vermutete er. Jetzt holte man ihn von dem Ort, an dem er fast gestorben wäre, fort.

Von einem Moment auf den anderen wurde Ducan wieder hellwach, wusste, dass dies Wunschdenken war, dass das keine Kameraden waren, die ihn an den Beinen wegzogen. Vermutlich waren nur Sekunden seit dem Sturz vergangen. Er riss die Augen auf und sah nichts vor sich außer Schuppen, Zähnen und ein grünes Auge des Spinosaurus. Das Tier richtete sich wieder zu seiner vollen Größe auf, nach wenigen Sekunden baumelte er in etlichen Metern Höhe aus dem Maul des Raubsauriers. Seine Wirbelsäule musste gebrochen sein, denn er spürte keinen Schmerz in seinen Beinen. Ohne Mühe biss der Spinosaurus nun endgültig zu. Ducan stürzte erneut ab, sah im Fall über sich seine abgetrennten Beine aus dem Schlund des Spinosaurus baumeln, aus deren Stümpfen Blut spritzte.

Bevor er ein letztes Mal auf dem Boden aufprallte, sah Ducan noch mit an, wie der Spinosaurus seine Beine verschlang. Dann beugte er sich über Ducans Rumpf. Das blutverschmierte Maul öffnete sich, um auch den Rest von Jac Ducan zu fressen.

Kapitel 13
Im Depot

Das Schmerzmittel wirkte überraschend schnell, das Brennen in Jills Wade war völlig abgeebbt. Ob dieses Präparat je von einer Zulassungsbehörde unter die Lupe genommen worden war? Oder hatte das Militär experimentelle Medikamente in dieses Depot gepackt, überlegte Jill Tine, rutschte von der Pritsche und wagte ein paar vorsichtige Schritte. Kein Schmerz, der sie durchfuhr, was immer das für ein Präparat war – es wirkte wahre Wunder.

Erschöpft schleppte sie sich eine Metalltreppe hinauf, die aus dem Inneren des Depots auf dessen Dach führte, das als Beobachtungsplattform diente. Rupert Wild stand bereits dort im warmen Sonnenlicht und blickte in die Ferne. Er wirkte völlig gelöst, ließ sich den Wind ins Gesicht wehen und machte nicht den Eindruck, als sei er erst kürzlich von einem Megalosaurus verfolgt worden.

„Macht Sie das alles hier nicht völlig fertig?", wollte Jill wissen und stellte sich neben ihn an das Metallgeländer.

„Warum?", stellte Wild die Gegenfrage. „Du meinst, weil die Tiere, denen ich meine akademische Karriere und mein Berufsleben geopfert habe, versuchen mich zu fressen?" Bei dieser Art, seine Situation zu formulieren, musste Wild selbst lachen.

„Genau das meine ich", sagte Jill.

Wild atmete tief durch, überlegte kurz. „Ich glaube, jedes Kind will irgendwann einmal einen echten Dinosaurier sehen. Einige wie ich gehen dann den – im wahrsten Sinne des Wortes – steinigen Weg und werden Paläontologen. Der Wunsch bleibt, obwohl du als Wissenschaftler wissen solltest, dass das ein Traum bleibt. Naja, dann kommt es zu merkwürdigen Ereignissen in deinem eigenen Forschungsinstitut. Du beobachtest ratlos, was in kurzer Zeit mit den Tieren passiert. Du kontaktierst Kollegen. Und ehe du dich versiehst, steht das Militär bis unter die Zähne bewaffnet im Institut und liefert dir eine Geschichte, die du eigentlich nicht glauben kannst, aber wenn du siehst, was passiert, glauben musst. Andere Wissenschaftler haben sich Gedanken gemacht, wie man es schaffen könnte, Dinosaurier in der Gegenwart auferstehen zu lassen. Schriftsteller haben sich Gedanken gemacht, wie das sein könnte und ob das überhaupt eine gute Idee wäre. Und fern ab dieser Ideen, Pläne und gescheiterten Versuche taucht ein Virus auf: unvorstellbar klein, aber es schafft mehr als Wissenschaftler in ihren Laboren. Die Natur hat die Dinosaurier einst hervorgebracht und auch vernichtet. Wir waren nicht in der Lage, es rückgängig zu machen – die Natur aber schon. Und das auf einem Weg, den keiner kannte. Jetzt sind die Dinosaurier wieder hier. Mein Kindheitstraum ist in Erfüllung gegangen."

Rupert Wild zeigte mit dem Finger in Richtung des Waldes, wo Jill drei gepanzerte Dinosaurier mit wuchtigen Schwanzkeulen bemerkte, jedoch erschienen ihr diese deutlich kleiner als das Exemplar, das sie mit dem Megalosaurus hatte kämpfen sehen. Auch die Panzer dieser Tiere wiesen Unterschiede auf: Sie schienen von einem helleren Braun zu sein, über das sich ein gelbes Gittermuster zog. Mit gesenkten Köpfen kauten sie gemächlich auf Pflanzen herum und vermittelten Jill das Gefühl, dass diese prähistorische Welt in diesem Moment völlig friedlich war. Aber sie wusste, dass der Schein trog, dass in diesem Moment andere Tiere durch die Wälder streiften, deren Instinkte sie zum Jagen antrieben.

„Klar muss man aufpassen. Sehr sogar", sagte Wild, als hätte er ihre Gedanken gelesen, „aber ist das nicht trotzdem wundervoll?"

Jill nickte. „Das sind Ankylosaurier, aber andere als eben, oder?" fragte sie.

„Stimmt", bestätigte Rupert Wild. „Das eben war *der* Ankylosaurus. Die da hinten sind Vertreter aus der Ankylosauride, aber es sind Crichtonsaurier."

Jill blickte ihn verwundert an. „Die heißen wirklich so?", vergewisserte sie sich.

„Ja. Anders als der Megalosaurus, dessen Name ‚Große Echse' bedeutet, ist dieser Name nicht beschreibend, sondern eine Ehrung des Schriftstellers Michael Chrichton, nach dem dieser Dinosaurier 2002 benannt wurde."

„Und was ist das da vorne?" Sie zeigte auf den Bach, der sich am Rande der Wiese vorbeischlängelte. Rupert Wild kniff die Augen zusammen und spähte angestrengt in die Richtung. Ein Baumstamm trieb im Wasser, dachte er, bis ihm unmittelbar dämmerte, dass der vermeintliche Stamm gegen die Strömung schwamm. Rupert Wild fluchte leise, dann versagte seine Stimme. Einige Meter hinter dem „Stamm" tauchte ein bogenförmiges Segel aus dem Wasser auf, getragen von Dornenfortsätzen, zwischen denen sich eine grüne Haut spannte. Sonnenlicht durchdrang sie, ließ deren rote Äderung erkennen.

„So eine Art Urzeitkrokodil?", fragte Jill nervös und blickte unsicher Rupert Wild an.

Der schüttelte fassungslos den Kopf. Jetzt erkannten sie, dass der „Stamm" nur der Kopf des Dinosauriers war.

Mit Entsetzen stellte sich Jill ein Krokodil vor, das durch den Einfluss des Virus zu einer Art „Riesenmolch" mit langen Zähnen geworden war. Sie kannte winzige Molche, die bizarre Kämme an Kopf, Rücken oder Schwanz trugen. Doch ihre albtraumhaften Vorstellungen wurden in dem Moment übertroffen, als sich der Kopf weiter aus dem Wasser schob und ein breiter Hals sichtbar wurde, von dem das Wasser strömte. Es folgte ein vor Muskeln strotzender Oberkörper und Vordergliedmaßen, fast von der Länge eines Menschen, die in Händen mit langen Klauen endeten. Ein grünbraun geschuppter Bauch tauchte auf, dann Oberschenkel wie Baumstämme, die scheinbar nicht mehr enden wollten, die Unterschenkel des Tiers und schließlich die breiten, geschuppten Füße mit langen Krallen.

Der Dinosaurier stand nun tropfend am Ufer und erreichte mit dem Kopf die Wipfel der umstehenden Bäume. Doch dass es nicht, wie die gepanzerten Chrichtonsaurier, von den Blättern fressen würde, war Jill klar, auch ohne jeden paläontologischen Hintergrund.

„Ein Spinosaurus", hörte sie Rupert Wild tonlos sagen. „Dessen fossilen Überreste hat man in Ägypten gefunden. Und ich muss zugeben, als ich zum ersten Mal einen versteinerten Schädel eines solchen Tiers untersucht habe, dachte ich mir: ‚Gut, dass es dich nicht mehr gibt'." „Glauben Sie, er sieht uns von da hinten aus?", fragte Jill Tine.

Wilds Antwort traf sie wie ein Schlag: „In jedem Fall kommt er auf uns zu."

Mit nach vorn gestrecktem Hals wie eine Gans, die gefüttert werden will, strebte der Raubsaurier auf das Depot zu. Der grasbewachsene Untergrund dämpfte seine Schritte, doch Wild und Jill spürten sie als leichte Vibration unter den eigenen Füßen und in den Händen, mit denen sie starr vor Angst das metallene Geländer umklammerten. Wild gewann seine Beherrschung zurück: „*Rein ins Depot!*", befahl er. Jill sprang in die kreisrunde Öffnung im Boden und hastete die Stufen der Wendeltreppe hinunter.

Ein Schatten legte sich über Rupert Wild. Er riss seinen Blick von der Luke vor ihm weg und sah nach oben. Der Spinosaurus stand direkt vor dem Depot, dessen Dachhöhe dem Dinosaurier bis zur Brust reichte. Der Überbiss des Raubsauriers ließ ihn aussehen, als grinste er Wild höhnisch an. Das Maul schnellte nach vorn, die Zähne verfehlten Wild, doch die Nase des Tiers traf ihn vor der Brust und stieß ihn so heftig um, dass Wild über den Boden der Beobachtungsplattform rutschte. Er sprang auf, wollte sich auf die andere Seite der Plattform retten, dann der Schock: Er hat meine Jacke erwischt, schoss es Wild durch den Kopf, als er mit Urgewalten zurück- und hochgerissen wurde. Hilflos strampelte er in der Luft, wusste, dass ihn der Spinosaurus über das Geländer heben und entweder sofort fressen oder erst auf die Erde fallen lassen könnte.

Wild schaffte es, die Jacke abzustreifen und stürzte aus zwei Metern Höhe zurück auf die Plattform. Er rappelte sich auf, hastete auf die Einstiegsluke zu und warf im Laufen einen Blick über die Schulter: Der Dinosaurier verschlang gerade seine Jacke, dann packte er mit dem Maul das Geländer und verbog die Stangen mit einer einzigen Bewegung seines Kopfes. Ein weiterer Ruck, und ein Teil des Geländers riss ab. Der Spinosaurus wirbelte es mit dem Kopf umher und ließ es los. Das Geländerteil flog durch die Luft, traf auf die Beobachtungsplattform und rutschte funkensprühend über den Metallboden auf Rupert Wild zu. Der rettete sich mit einem Sprung zur Seite.

Der Spinosaurus gab ein gurgelndes Knurren von sich, das aus den Tiefen seines kolossalen Körpers drang. Er umrundete mit riesigen Schritten das Depot und ließ Rupert Wild keine Sekunde aus den Augen.

Wieder schnellte der Kopf des Spinosaurus vor. Rupert Wild duckte sich wie bei einem Luftangriff, rollte sich zur Seite und robbte hastig auf die Luke zu. Hinter ihm quietschte Metall, der Raubsaurier riss erneut ein Stück Geländer ab. Wild erreichte die Luke, drehte sich noch einmal um. Durch das

Loch im Geländer schob der Spinosaurus seinen krokodilhaften Kopf direkt über den Boden auf Wild zu. Der spürte einen festen Griff an seinen Armen und wurde in die Luke gezogen. Es war Jill Tine, die ihn wie einen Sack hineinzerrte. Wild klammerte sich am Treppengeländer fest, um nicht die Stufen hinunterzustürzen. Nur Sekunden später schob sich der längliche Kopf des Spinosaurus über die Luke wie ein Deckel. Es wurde für einen Moment dunkel über ihnen. Erst als der Raubsaurier den Kopf zurückzog, sahen sie wieder den blauen Himmel.

Wild richtete sich auf, sie schlichen die Wendeltreppe hinunter. Ob der Spinosaurus jetzt aufgab? Sie lauschten angestrengt. Da war es: das gurgelnde Knurren – diesmal gedämpft und aus Richtung der Tür.

Stille.

Dann das Kreischen von Metall. Rupert Wild wusste nicht, was passierte, aber er vermutete, dass der Spinosaurus mit den Klauen über die Metallhaut des Depots kratzte. Das Kreischen erstarb.

Erneute Stille.

Ein wuchtiger Schlag gegen Metall, ein weiterer, noch heftigerer.

Die Stahltür beulte sich nach innen. Noch ein krachender Schlag, das Metall bog sich weiter. Der nächste Schlag. Die Tür riss aus einer Angel und hing nur noch schief im Rahmen, Sonnenlicht fiel durch einen Spalt.

Wild und Jill stockte der Atem. Die Stille, die dem Krach folgte, war gespenstisch. Ein Schatten legte sich über den Türrahmen, das Licht, das durch den Spalt fiel, verschwand.

Ein neugieriges Schnuppern. Dann wieder Stille, so als würde der Spinosaurus innehalten, überlegen, was er als Nächstes tun könnte. Ein Schlag, noch heftiger als alle vorherigen, riss die Stahltür aus den Angeln und ließ sie durch das Innere des De-pots fliegen. Dabei warf sie ein Regal um, dessen Inhalt sich scheppernd und klirrend auf dem Bo-den verteilte.

Jill und Wild sahen im Türrahmen nur die schup-pigen Beine und krallenbewehrten Hinterläufe des Spinosaurus. Offenbar hatte der Saurier die Tür nicht aufgeschlagen, sondern aufgetreten. Das Tier trat ein paar Schritte zurück, dann senkte sich der krokodilhafte Kopf vor die Türöffnung. Der Spino-saurus spähte hinein, schob Kopf und Hals vor, bis die breiten Schultern im Türrahmen steckenblie-ben. Dennoch konnte er so mit dem Maul alles und jeden bis in der Mitte des Depots erreichen.

Mit dem Maul packte der Spinosaurus eines der Metallregale und schleuderte es mit der Kraft seiner Halsmuskulatur in Jills und Wilds Richtung. Das Regal rutschte über den Boden, kippte und entleerte dabei seinen Inhalt auf ihnen, bevor es mit der Oberseite an die Wand über ihnen prallte. Schützend hob Jill die Arme über den Kopf, doch der befürchtete Aufprall blieb aus. Sie riskierte einen Blick nach oben: Das Metallregal stand verkeilt da und ragte wie ein schräges Dach vor ihnen auf. Immerhin hat es uns nicht den Schädel eingeschlagen, dachte Rupert Wild, wusste jedoch, dass sich das noch jede Sekunde ändern konnte.

„Pack das Regal. Bei Drei stoßen wir es nach vorn, okay?", zischte er Jill zu. Die nickte. „Okay! Also: Eins! Zwei! *Drei!*"

Sie wuchteten das Regal nach vorn, es kippte, diesmal in die entgegengesetzte Richtung und prallte auf die Schnauze des Spinosaurus.

So robust der Dinosaurier auch sein mochte, das etliche Kilo schwere Regal mit seinen scharfkantigen Blechen traf seine Nase. Das gurgelnde Knurren schwoll diesmal zu einem Brüllen an, er riss seinen Kopf zurück. Sekunden später sahen sie nur die riesigen Beine den Türrahmen ausfüllen. Dann das Vibrieren im Boden, das mit jedem Schritt schwächer wurde, als der Spinosaurus abzog.

Einige atemlose Momente später hörten sie noch einmal das Knurren, was ihnen verriet, dass der

Raubsaurier sich tatsächlich weiter vom Depot entfernt hatte. Kurz danach ein lautes Platschen. In Gedanken sah Rupert Wild, wie der Spinosaurus wieder ins Wasser stieg und immer tiefer hineinwatete, bis schließlich nur noch sein riesiges Segel über die glitzernde Wasseroberfläche ragte, während er weiter auf Beute lauerte. Rupert Wild erinnerte sich an Computermodelle, die das Schwimmverhalten des Spinosaurus simuliert hatten. Es hatte ergeben, dass der Spinosaurus über einen großen Auftrieb verfügt haben musste. Diese Eigenschaft machte es ihm schwer, Beute tauchend zu jagen.

Obwohl er eben von seinem früheren Forschungsobjekt fast gefressen worden war, hätte Wild den Spinosaurus jetzt gerne beobachtet, denn das Computermodell hatte auch ergeben, dass der Spinosaurus dazu geneigt haben musste zu kippen. Zwar diskutierten Paläontologen nicht mehr darüber, ob sich dieses Tier wie Krokodile viel im Wasser aufgehalten hatte, da Fischreste, die man in dessen Magen gefunden hatte, diese Vorstellung untermauerten. Aber es war noch vieles unklar über den Spinosaurus, und in diesen Momenten hätte er all das, was seine Kollegen mühevoll versuchten, aus versteinerten Knochen abzuleiten, da draußen beobachten können. Doch Wilds Überlebensinstinkt siegte über seine akademische Neugierde. Er wusste, dass es besser war, nie wieder in die Reichweite von Zähnen und Klauen dieses Tieres zu geraten.

Kraftlos ließ er sich an der Wand heruntersinken, bemerkte erst jetzt, dass sein Hemd vor Schweiß klebte und dass Blut über seine Stirn floss. Wo, wann oder gar wie genau er sich diese Verletzung in den letzten Minuten zugezogen hatte, wusste er nicht. Und es war ihm in diesem Moment auch egal. Alles, was jetzt zählte war, dass Jill und er den Spinosaurusangriff überlebt hatten.

Kapitel 14
Nach dem Angriff

„Ich geh' da nicht mehr raus!", beschloss Jill Tine trotzig. „Ich warte jetzt hier drinnen, bis diese Quarantäne aufgehoben wird und Schluss!"

„Glaubst du denn, dass es hier so sicher ist?", fragte Rupert Wild ruhig.

„Draußen ist es in jedem Fall *überhaupt nicht* sicher", hielt Jill dagegen, verschränkte die Arme und wandte den Blick von Wild ab.

Der schwieg einen Moment, dann sagte er: „Wir haben gerade gemerkt, dass man hier genauso schnell in Gefahr kommen kann wie draußen. Ich bin sehr froh, dass der Spinosaurus so riesig ist." Jill schüttelte fassungslos den Kopf, überlegte, wusste nicht, wie sie darauf reagieren sollte. „Soll das ein Witz sein?", brachte sie schließlich hervor. „Wäre er kleiner, wäre er hier reingekommen", entgegnete Wild.

Jill biss die Zähne zusammen, starrte zu der aufgebrochenen Tür, hinter der die Wiese und der Waldrand zu sehen waren.

„Ein Coelophysis ist in etwa so groß wie ein Mensch. Der könnte jetzt jederzeit hier reinkommen, und wir sitzen dann in der Falle", gab Rupert Wild zu bedenken.

„Da draußen ist es nicht sicher!", beharrte Jill. Wild nickte. „Nicht immer. Aber zeitweise schon", behauptete er.

Jill ließ sich nicht beirren: „Aber Sie und ich wissen nicht, wann, wo, welche Gefahr droht. Und wenn wir es merken, dann ist es auch schon fast zu spät. Ich wäre heute mehrfach fast getötet worden. Dass das nicht passiert ist, war nichts weiter als Glück!"

„Und ich will dem Glück auf die Sprünge helfen", entgegnete Rupert Wild beschwörend.

Jills Augenbrauen hoben sich. „Und wie?"

Er lächelte. „Komm mit nach draußen. Ich zeige es dir."

Sie traten durch die demolierte Türöffnung ins Freie. Das Gras vor dem Depot lag plattgetrampelt vor ihnen, an mehreren Stellen erkannten sie die riesigen Fußabdrücke, die der Spinosaurus hinterlassen hatte. Jill überkam eine Gänsehaut bei dem Anblick. In ihr blitzten die Erinnerungen an den Fußabdruck auf, den sie am Vormittag entdeckt hatte. Jetzt wusste sie, dass der von einem Megalosaurus stammen musste. Denn der Fußabdruck des Spinosaurus war bedeutend größer. Von einem zum nächsten brauchte sie selbst etwa sechs Schritte.

„Und wie sieht Ihr Plan jetzt aus?", wollte Jill nun wissen.

Wild antwortete nur indirekt: „Es gibt ja auch pflanzenfressende Dinosaurier hier. Und die wittern Gefahr schneller als wir."

Jill zuckte mit den Schultern. „Erstens verstehe ich noch nicht, worauf Sie hinauswollen und zweitens: Ein Ankylosaurus und dieser Chrichtonsaurus sind trotzdem gefährlich. Ein Schlag und Ihr Schädel ist zertrümmert."

„Stimmt", gab Rupert Wild zu. „Bei denen sollte man Abstand halten. Aber dann sollte selbst das ungefährlich sein. Sie sind sehr stark, aber nicht sehr schnell und eben auch nicht sehr klug."

Jill blickte sich suchend um. Die Chrichtonsaurier schienen in den Wald verschwunden zu sein, zumindest führte eine Bresche durch das Geäst bis tief in den Wald hinein. *Vermutlich sind sie vor dem Spinosaurus geflohen und verstecken sich, was bedeutet, dass sie in diesem Punkt klüger als wir sind. Denn im Gegensatz zu denen wandern wir ohne Deckung durch die Gegend,* dachte Jill verärgert. „Ich hoffe, Ihr Plan funktioniert auch ohne die Chrichtonsaurier, denn die sind ja weg", murmelte Jill schließlich.

„Dafür sind andere hier", entgegnete Rupert Wild gelassen. „Da vorne – der relativ kleine grüne!"

Jill kniff die Augen zusammen und blickte in die Richtung, in die Wild zeigte. Auf einem umgestürzten Baumstamm hockte ein Dinosaurier, der von der Schwanzspitze bis zu seinem Kopf geschätzt zwei Meter maß. Er richtete sich auf und strich sich mit kurzen Vorderbeinen über seine schnabelförmige Schnauze. Dabei senkte er kurz den Kopf, so dass Jill dessen geschwungenen Nackenschild bemerkte, den eine rotbraune Musterung zierte.

„Der ist doch braun und nicht grün!", gab sie spontan zurück.

Dann erst bemerkte sie einen weiteren Dinosaurier mit gleichem Körperbau, jedoch war dieser, wie Rupert Wild gesagt hatte, tatsächlich grün. Er stand direkt vor dem Laub der Büsche, von denen er fraß und war kaum zu erkennen. Der Braune hüpfte vom Baumstamm, trippelte zu dem Grünen hinüber und knabberte ebenfalls an den Blättern. Dabei wechselte seine braune Färbung zu dem Laubgrün seiner neuen Umgebung.

„Sie sind zur Mimese fähig!", rief Rupert Wild lauter aus, als es Jill lieb war.

„Sie sind zu *was* fähig? Und was sind das für Viecher?", fragte sie.

„Das sind Leptoceratopse", erklärte Wild aufgeregt und fuhr fort: „Bei dem Braunen haben wir zunächst eine ‚Stockmimese' und danach eine ‚Blattmimese' beobachtet."

„Sie wollen also gerade sagen, dass sie sich wie Chamäleons tarnen", folgerte Jill.

Wild nickte aufgeregt. „Tarnen ist aber nur ein Aspekt und nicht einmal der wichtigste. Nachts nehmen Chamäleons übrigens sehr helle Farben an. Der Farbwechsel dient vor allem der Kommunikation untereinander. Außerdem können sie sich so gegen hohe Temperaturen wehren, indem sie eine helle Farbe annehmen und so Sonnenlicht reflektieren. Ist es extrem heiß, verfärben sie sich jedoch mit UV-absorbierenden Melaninen schwarz."

„Und wenn's kühl ist, färben sich Chamäleons dunkler, um das Sonnenlicht besser aufzunehmen?", vermutete Jill.

Wild nickte begeistert.

„Okay, das habe ich verstanden. Was ich nicht verstehe, weil Sie es mir immer noch nicht gesagt haben: Wie sieht Ihr Plan aus?"

Wild nickte in die Richtung der Leptoceratopse. „*Sie* sind Teil des Plans. Sie ziehen weiter, und wir ziehen soweit es geht mit ihnen. Warnen sie sich untereinander, warnen sie uns mit."

Jill ließ die Schultern hängen. Konnte das funktionieren?

Kapitel 15
Im Wald

Rupert Wild und Jill Tine folgten den Leptocera-topsen mit einigen Schritten Abstand. Die Tiere hielten sich nie lange an einem Ort auf, sondern wanderten zwischen den Bäumen umher, knabberten an Blättern und Farnwedeln, bevor sie quiekend weiterhüpften und immer wieder ihre Farbe der Umgebung anglichen.

Rupert Wild bemerkte noch vor Jill, dass etwas nicht stimmte. Die Leptoceratopse fraßen nicht mehr, hielten öfter inne, hoben die Köpfe, lauschten und schnupperten. Sie hüpften bei jeder Gelegenheit auf umgestürzte Baumstämme, Felsen oder Erdhügel, wo sie wie Erdmännchen standen und ihre Umgebung beobachteten. Sie wittern etwas, vermutete Wild, während er einen der Dinosaurier dabei beobachtete, wie der aufgeregt über einen Baumstamm hin- und herlief, immer wieder stehenblieb und den Kopf reckte. Das bis eben noch ausgelassen klingende Quieken wich einem nervösen Schnattern. Dann ein schriller Warnschrei von dem Leptoceratops, den Rupert Wild gerade beobachtete. Der andere wetzte panisch davon, gefolgt von dem Saurier, der den Warnruf ausgestoßen hatte.

„Okay, und was machen wir jetzt?", zischte Jill. Rupert Wild sah sich hektisch um, sie standen mitten im Wald, es gab Bäume, aber kein Depot, keinen Stollen oder etwas Ähnliches, wohin sie flüchten könnten. „Da hoch!", beschloss Wild. Er zeigte auf einen stämmigen Baum mit überirdischen Wurzeln, moosbewachsener Rinde und weit ausladenden Ästen, die bereits in weniger als zwei Metern Höhe aus dem Stamm wuchsen. Zwar würde die Kletterpartie nicht ungefährlich werden, doch die Äste wirkten stark genug, dass Jill und er bis in eine Höhe von etwa sechs Metern in die Baumkrone klettern könnten. Wild bezweifelte, dass das eine gute Idee war. Aber er sah keine Alternative. „Beim Militär gilt die Regel: Selbst eine falsche Entscheidung ist besser als gar keine Entscheidung!", hatte Ducan ihnen heute Morgen mit auf den Weg gegeben, bevor sie alle aufgebrochen waren.

Jill stand bereits unter dem Baum, blickte skeptisch hinauf, dann sprang sie in die Luft, packte einen der unteren Äste und zog sich hinauf. Wild versuchte, es ihr nachzutun, doch er berührte im Sprung den Ast nur mit den Fingerspitzen und fiel auf raschelndes Laub des Waldbodens. *Jetzt kommen Sie schon!"*, rief Jill mit gedämpfter Stimme zwischen den Blättern zu ihm hinunter. Wachsende Panik schwang in ihrer Stimme mit, dann: *„Höchstens zwanzig Meter von hier entfernt bewegt sich etwas durch die Büsche in unsere Richtung!"* Wild rappelte sich auf, sprang erneut in die

Luft, diesmal verfehlte er den rettenden Ast um eine Handbreit und landete erneut auf dem Waldboden.

„Zehn Meter!", warnte Jill und dann: *„Ich komme runter und helfe Ihnen!"*

Wild warf einen ängstlichen Blick auf die Büsche, dann sprang er erneut, fühlte die raue Rinde in den Handflächen, packte zu und zog sich mit aller Kraft auf den Ast. Er gönnte sich keine Pause, griff über sich nach einem Ast und kletterte weiter, bis ihm beim Blick zum Waldboden Schwindel überkam.

„Hören Sie das auch?", zischte Jill einige Äste über ihm.

Wild hörte es: Äste brachen, Laub raschelte. Etwas Großes bewegte sich durch den Wald.

Es dauerte einen Moment, dann erblickten sie die breiten Rückenpanzer von drei Ankylosauriern, die sich durch die Büsche schoben. Jill entspannte sich beim Anblick der Pflanzenfresser, doch Rupert Wilds Sorge blieb. Sollte es wirklich die Ankunft der Ankylosaurier gewesen sein, die die Leptoceratopse so panisch hatten davonlaufen lassen? Eher nicht. Wild befürchtete, dass in der Nähe noch ein oder gar mehrere Raubsaurier im Unterholz jagten.

Die Ankylosaurier traten gemächlich aus den Büschen hervor, schienen in keiner Weise nervös.

Kein Wunder, so extrem gut gepanzert wie die sind, trauen sich kleinere bis mittelgroße Raubsaurier wohl kaum an sie heran, dachte Rupert Wild. Die Ankylosaurier trotteten unter dem Baum umher und fraßen Farntriebe.

„Irgendwo müssen noch andere Tiere sein!", rief Jill gedämpft zu Wild hinunter. „Hören Sie nur!"

Wild hört es: Knacken und Rascheln. Doch es rührte nicht mehr von den Ankylosauriern her – die Geräusche kamen jetzt von allen Seiten gleichzeitig. Nach wenigen Sekunden strömten aus allen Himmelsrichtungen Coelophysise herbei. Rupert Wild schluckte. Die Leptoceratopse hatten eindeutig das Richtige getan. Solange diese zweibeinigen Jäger in der Nähe waren, wäre es lebensgefährlich, wenn Jill und er ihren Weg fortsetzten.

Die Ankylosaurier ließen sich von den relativ kleinen Raubsauriern nicht beeindrucken: Sie fraßen weiter vor sich hin. Wenn ihnen ein Coelophysis zu nah kam, gaben sie ein missmutiges Knurren von sich, woraufhin der Coelophysis mit einem giftigen Zischen zur Seite sprang.

Warum verschwinden die nicht?, überlegte Rupert Wild. Die Ankylosaurier waren für sie als Beute völlig ungeeignet. Wild vermutete, dass die Coelophysise dies instinktiv wussten, schließlich griffen sie die Ankylosaurier nicht an. Im Gegenteil: Sie hielten meistens respektvollen Abstand und reagierten ängstlich auf das drohende Knurren der Pflanzenfresser. Was hielt sie also davon ab, an einem anderen Ort nach Beute zu suchen? Weil sie wissen, dass hier irgendwo Beute ist, gab Rupert Wild sich in Gedanken selbst die Antwort. Sie rochen ihn und Jill. Vielleicht hatten sie sie auch gehört. In jedem Fall lauerten sie ihnen auf.

Rupert Wild spähte zwischen den Ästen hindurch über die Baumkronen der anderen Bäume hinweg. Die Sonne stand bereits tief und färbte den Himmel rot. Schon bald würde sie hinter den Bäumen verschwinden und endgültig der Dämmerung und schließlich der Nacht Platz machen. Sie mussten hier weg. Viel Zeit blieb ihnen nicht mehr. Ein Blick nach unten: Die Coelophysise standen immer noch da, blickten hektisch umher und fauchten sich gegenseitig an.

Die Sträucher um ihren Baum waren inzwischen in den Bereichen, die die Ankylosaurier mit ihren Köpfen erreichen konnten, fast vollständig kahlgefressen. Die Pflanzenfresser würden bald weiterziehen, vermutete Rupert Wild. Das brachte ihn auf eine Idee. Doch sollten sie versuchen, diese umzusetzen, blieb ihnen nur noch wenig Zeit. „Jill!", flüsterte er. Sofort hoben fünf Coelophysise ruckartig die Köpfe. „Wir klettern jetzt ein Stück herunter und dann weiter auf den breiten Ast da unten! Okay?", zischte Rupert Wild.

Die Coelophysise rannten nun aufgeregt umher und fauchten. Die Ankylosaurier quittierten die aufkommende Unruhe mit mürrischem Knurren. *„Nein! Überhaupt nicht okay!"*, zischte Jill zurück.

„Sieh doch nur!", flüsterte Wild. „Schau dir an, wohin die Coelophysise laufen und wohin sie *nicht* laufen!"

„Sie rennen wie irre umher!", gab Jill zurück.

„Sie meiden die Ankylosaurier!", erklärte Rupert Wild.

Jill schüttelte verständnislos den Kopf. *„Na und?"*

„Wir klettern jetzt runter zu dem besagten Ast. Von da aus lassen wir uns auf den Rücken eines Ankylosauriers nieder!", verriet Wild nun seinen Plan, der, jetzt ausgesprochen, absurder klang als in seiner Vorstellung.

Jill entgleisten die Gesichtszüge: *„Soll das ein Witz sein?"*

Wild überlegte einen Moment. „Es ist unsere einzige Chance. Und ich glaube, es ist nicht so gefährlich, wie es sich zunächst anhört", flüsterte er. „Die Ankylosaurier sind stark, aber nicht besonders wendig. Die können uns nicht von ihrem Rücken stoßen wie ein Pferd. Außerdem haben sie breite Panzerplatten mit tiefen Fugen, an denen wir uns festhalten können."

„Das ist total verrückt", widersprach Jill.

Mit Sorgenfalten auf der Stirn blickte Rupert Wild nach unten: Die Vegetation, die die Ankylosaurier ohne Probleme erreichten, war nun aufgefressen. Es gab jetzt keinen Grund mehr, weshalb sie hier noch länger verweilen sollten.

„Ich mach' es dir vor!", flüsterte Wild und begann mit dem Abstieg. Selbst das leise Rascheln, das er dabei verursachte, ließ die Coelophysise nur noch aufgeregter umherhuschen. Jill schüttelte den Kopf, begann aber hinterher zu klettern.

Rupert Wild erreichte den Ast, von dem er die ganze Zeit gesprochen hatte, legte sich flach darauf und zog sich nach vorn, bis er über dem breiten Rücken eines der Ankylosaurier lag. Weniger als zwei Meter freier Fall lag zwischen ihm und der Panzerechse. Jill hat vollkommen Recht, das ist total verrückt! Die Chancen, dass es funktioniert und wir so überleben, stehen sehr schlecht, überlegte er. Doch er wusste auch, dass die Chancen zu überleben noch viel schlechter stünden, wenn sie hierblieben.

Wild atmete tief durch, dann ließ er sich fallen. Er landete auf dem Rückenpanzer. Sofort bewegte sich das Tier und knurrte verärgert. Rupert Wild fühlte sich wie auf einem schaukelnden Boot. Er hielt sich an Panzerplatten fest, doch es war bedeutend schwieriger als gedacht. Jill Tine landete dicht neben ihm, verlor das Gleichgewicht, als der Ankylosaurus sich erneut schüttelte und fiel fast hinunter auf den Waldboden. Wild packte sie und zog sie weiter in die Mitte des geschwungenen Rückens. Die Coelophysise hatten all das längst mitbekommen. Sie fauchten, rannten aber nicht mehr planlos zwischen den Bäumen umher, sondern standen in einer Reihe neben dem Ankylosaurus und sprangen immer wieder in die Luft. Der Ankylosaurus schwang verärgert knurrend seine Schwanzkeule, und die Coelophysise stoben auseinander.

Schaukelnd setzte sich der Ankylosaurus langsam in Bewegung. Rupert Wild und Jill Tine klammerten sich fest, doch das Tier versuchte sie nicht mehr abzuschütteln. Die Coelophysise ließen sie nicht aus den Augen und rückten immer wieder vor. Na super, dachte Rupert Wild, jetzt sitzen wir nicht länger auf einem Baum fest, sondern auf einem Dinosaurier. Er war sich sicher: Wenn Jill oder er den Halt verlieren und herunterstürzen würden, so würden keine 10 Sekunden vergehen und die Coelophysis-Meute wäre über ihnen.

Mit vorgestrecktem Hals und geöffnetem Maul schnellte einer der Coelophysise vor und näherte sich dem Ankylosaurus von der Seite. Der knurrte und schwang seine Schwanzkeule so heftig, dass Jill und Wild von der Wucht der plötzlichen Bewegung fast heruntergestoßen wurden. Die Schwanzkeule erwischte den Angreifer und warf ihn durch die Luft. Der prallte gegen einen Baumstamm, rutschte herunter und blieb regungslos liegen. Es dauerte in der Tat keine 10 Sekunden, bis die Coelophysis-Meute ihn umstellte. Mit einer Mischung aus Überraschung, Faszination und Ekel beobachtete Rupert Wild, wie die Raubsaurier ihren Artgenossen die Gliedmaßen abbissen und Eingeweide herausrissen, wie sie fraßen und sich die Fleischstücke gegenseitig aus den Mäulern schnappten, sich anfauchten und bissen, um die besten Stücke zu verteidigen.

Der Ankylosaurus trottete unbeirrt weiter, bahnte sich mit seinem Artgenossen einen Weg durch den Wald. Der Himmel über den Baumwipfeln hatte sich inzwischen in ein dunkles Lila verfärbt. Einmal sahen Wild und Jill Dimorphodons krächzend am Abendhimmel flattern, vielleicht auf dem Weg in ihr Nachtquartier.

„Haben Sie sich eigentlich Gedanken gemacht, wie wir hier wieder runterkommen?", fragte Jill. „Sagen wir es so: Ich bin noch zu keiner abschließenden Vorgehensweise gekommen", gab Wild zu. „Wenn wir am Hinterteil herunterspringen, sind wir in der Reichweite der Schwanz-keule. Die Möglichkeit, dass uns der Ankylo-saurus aber nicht direkt bemerkt, ist durchaus gegeben. Wenn wir in der Nähe des Kopfes ab-springen, dann sieht er uns mit Sicherheit, aber er ist nicht so schnell. Bis er sich in Angriffs-position gebracht hätte, wären wir sehr wahr-scheinlich schon außer Reichweite", wägte Rupert Wild ihre Möglichkeiten gegeneinander ab.

„Wann sollen wir denn abspringen?", hakte Jill nach.

Rupert Wild nickte mit dem Kopf in die Richtung hinter ihr. Sie drehte sich um. Da stand ein schie-fes Metallschild, das einen Ammoniten zeigte, und so auf den hier verlaufenden Geologen-Pfad hinwies.

„Das Institut ist nicht mehr weit weg. Das sollten wir schaffen!", stellte Jill Tine fest. Sie fasste neuen Mut.

Der Ankylosaurus trottete ein Stück weiter über die alte Zufahrtsstraße, die direkt auf das Charles-H.-Sternberg-Institut zuführte.

„Zeit abzuspringen!", bemerkte Wild, als der Anky-losaurus die Zufahrtsstraße verließ und wieder auf den Wald zuhielt.

„Vorne oder hinten?", fragte Jill nervös.

„Vorne!", beschloss Wild.

Auf allen Vieren bewegten sie sich bis an den vorderen Rand des Knochenpanzers. Rupert Wild sprang und landete auf einer Schotterfläche. Der Ankylosaurus drehte ihm den gepanzerten Kopf zu und gab ein verwundertes Brummen von sich, das zu einem wütenden Schrei anwuchs, als Jill neben Wild landete. Sie sprangen zur Seite, der Ankylosaurus wirbelte Steine und Staub mit seiner Schwanzkeule auf. Doch seine Wut erlosch so schnell, wie sie entflammt war.

Jill und Wild liefen durch die hereinbrechende Dunkelheit auf das Institut zu. Aus dem Wald hörten sie Röhren, Schnattern und Brüllen, aber all das war weit weg. Rupert Wild blieb stehen.

„Waren Sie nicht lange genug hier draußen unterwegs?", fragte Jill ungläubig. „Wie wär's, wenn wir zum Institut zurückkehren?"

„Mir kommt es vor, als sei ich seit Jahren nicht mehr dort gewesen", gab Rupert Wild zurück. „Aber diesen einen Moment haben wir jetzt. Hör es dir an: Wie vor fünfundsechzig Millionen Jahren."

Über den Autor:

Ansgar Fabri, geboren 1982, arbeitet seit seinem 20. Lebensjahr als Journalist (Rheinische Post) und war mit 21 Jahren Gewinner eines bundesweiten Literaturwettbewerbs von Amnesty International und Aktion Mensch. Seine prämierte Kurzgeschichte »Alltagsszene« erschien im Buch »Voll die Helden« (Arena Verlag), das als Schullektüre genutzt wurde.

Seit seinem 25. Lebensjahr veröffentlicht er Romane, Kurzgeschichten und Fachbücher bei Verlagen, außerdem organisierte er Buchpublikationen für Institutionen.

Sein Debüt als Selfpublisher (»Zirkus der dunkelsten Stunde«) wurde bei TWENTYSIX ein Top-5-Bestseller.

»Feuerernte« erreichte beim Wettbewerb »Bestseller von morgen« des KI-Unternehmens QualiFiction Platz 3. Bei TWENTYSIX wurde das Buch ein Nr.1-Bestseller. Die erste Fassung des Romans entstand in etwa 20 Tagen bei dem internationalen Roman-Schreib-Marathon »NaNoWriMo«, womit Fabri zu den Gewinnern 2019 gehörte.

Fabri machte sein Diplom in Sozialer Arbeit und absolvierte die Weiterbildung zur Lehrkraft für Deutsch als Fremdsprache. Er arbeitete als wissenschaftlicher Mitarbeiter an der Hochschule Niederrhein, an der er seit seinem 28. Lebensjahr als Lehrbeauftragter für Kreatives Schreiben unterrichtet.

Weitere Lehrtätigkeiten: u.a. für ein Projekt des Literaturbüros NRW, die VHS Düsseldorf und VHS Mönchengladbach (Kreatives Schreiben), außerdem an der Hochschule Düsseldorf, am Institut für Internationale Kommunikation Düsseldorf, der VHS Düsseldorf und dem Goethe-Institut (Deutsch als Fremdsprache).

Mit seiner Frau, der Kulturpädagogin Nadine Fabri, und seinem Sohn Noah lebt er in Mönchengladbach.

Weitere Publikationen

des Autors

Nr. 1-Bestseller bei TWENTYSIX

Platz 3 beim Wettbewerb "Bestseller von morgen" des KI-Unternehmens Qualifiction

Feuerernte

Über Nacht tauchen in einem Mönchengladbacher Maisfeld verstörende Vogelscheuchen mit langen Metallkrallen auf.

Menschen, die dem Mais zu nah kommen, erleiden Verbrennungen.

Ein Kind bricht mit rätselhaften Symptomen im Maisfeld zusammen.

Der TV-Journalist Rolf Habicht berichtet über die mysteriösen Ereignisse und stößt dabei auf Wetterdaten, die Wochen in die Zukunft reichen.

Mit seinen Recherchen weckt er einen Feind, der ihn und alle, die ihm wichtig sind, auf eine Weise bedroht, die Habichts Vorstellungskraft sprengt.

Was dieses Buch auszeichnet: fundierte Recherche und deren kenntnisreiche Vermittlung, authentische, lebendige Romanfiguren, sehr spannender Handlungsbogen, gute Auflösung und viel Lokalkolorit.

Magazin Hindenburger

"(...)Was als kleine Reportage im Lokalsender geplant ist, entwickelt sich zu einer rasanten und lebensgefährlichen Recherche. Dass der Thriller an vertrauten Orten in der Stadt spielt, steigert für den Leser die Spannung noch. Nach der Lektüre wird er misstrauisch das Wetter beobachten und jedes Maisfeld wird ihm suspekt sein. Das ist sicher. "

Garnet Maneke, Rheinische Post

Zirkus der dunkelsten Stunde

Nacht für Nacht verschwindet der vierjährige Sohn Leon des Mönchengladbacher Oberstaatsanwalts Dr. Rupert Sternberg.

Zunächst glauben Sternberg und seine Frau Elli noch an Schlafwandeln, doch dann kommt es zu weiteren beängstigenden Ereignissen.

Als die beiden herausfinden, was das alles mit einer grotesken Clownpuppe zu tun hat, schwebt die ganze Familie bereits in höchster Gefahr.

»Der Mönchengladbacher Autor Ansgar Fabri hat seinen vierten Roman geschrieben. ‚Zirkus der dunkelsten Stunde' heißt er, und er ist in Wirklichkeit ein Psychothriller. Und was für einer. Der Leser erlebt das Grauen, das im Laufe der Handlung immer unerträglicher wird, Seite für Seite mit.«
Inge Schnettler, Rheinische Post

»Ein packendes Buch, alarmierend nah an der Wirklichkeit, gut recherchiert, einfühlsam und rasant erzählt.« **Magazin Hindenburger**

Hinter den Ginstertrieben

Die Studentin Klaudia führt ein Doppelleben: als Borderlinerin und als Krisenberaterin beim Sorgentelefon. Ihr Leben gerät aus den Fugen, als ein Kinderschänder sie um psychologische Beratung bittet. Sie entlarvt ihn als den Albtraum ihrer Kindheit. Der Mann ahnt nicht, wem er seine Gedanken und Ängste am Sorgentelefon anvertraut. Während die Welt um sie herum in einem zermürbenden Wetterchaos versinkt, forscht Klaudia weiter nach und kommt zu einer schockierenden Erkenntnis: Sie muss den Mann zum Selbstmord bewegen - durch das Telefon, mit psychologischer Manipulation.

»Wenn Ansgar Fabri einen Krimi schreibt, dann kommt am Ende irgendwie immer mehr als ein Krimi dabei heraus. Stets liefert der Mönchengladbacher eine psychologische Dimension mit.«

Rheinische Post

Der Saulus Effekt

Für seine groteske Selbsttherapie schafft der Erfolgscoach Paulus das scheinbar Unmögliche: Noch vor der Polizei fängt er den Mörder seiner Frau und sperrt ihn in ein Kellerverlies in einem abgelegenen Waldhaus. Dort befragt er ihn mit Techniken des Neuro-Linguistischen Programmierens, Methoden, mit denen er sonst Top-Manager coacht, nur um das Verbrechen zu verstehen. Zu spät merkt Paulus, dass sein Gefangener Mitglied einer gefährlichen Sekte ist, die es nun auf ihn abgesehen hat. Paulus merkt, dass er das Töten vom Mörder seiner Frau lernen muss, um diesen umzubringen - wenn er, Paulus, nicht selbst das nächste Opfer werden will.

»Den Gleichklang gegenwärtiger Krimiliteratur durchbricht Ansgar Fabri in seinem zweiten Roman ‚DER SAULUS EFFEKT' durch eine innovative und klug durchdachte Handlung.«
Christian Hensen, Rheinische Post

»Ein sehr faszinierendes Buch ist der ‚Saulus Effekt'. Ich wollte es gar nicht mehr aus der Hand legen, ein Buch, das man verschlingt.«
Jörg Tomzig, Niersradio

Raptus

Der brutale Mord an einem amerikanischen Soldaten im Mönchengladbacher NATO-Stadtteil »Joint Headquarters« sorgt für Wirbel in höchsten Kreisen. FBI-Agent Gordon Northborn wird an den Niederrhein beordert, um mit dem Mönchengladbacher Ermittler Oskar Pelzer und dessen Team den Fall zu untersuchen. Weitere Soldaten werden auf immer drastischere Weise getötet.
Das deutsch-amerikanische Ermittlerteam vermutet einen Täter, der selbst Opfer ist. Schon bald eskalieren die Ereignisse.

»Ansgar Fabri setzt sich in seinem Psychothriller auf spannende und mitreißende Weise mit der Thematik der posttraumatischen Belastungsstörung und ihren verheerenden Ausmaßen auseinander.«
Magazin HINDENBURGER

»Packend, aufreibend, tiefschürfend und lehrreich.«
Rheinische Post

»Ansgar Fabri schreibt Psychothriller, die unter die Haut gehen.« **Niersradio**

Join the Headquarter

Ansgar und Nadine Fabri

Es war das wohl größte britische Dorf außerhalb des englischen Königreichs, dann verwandelte es sich in eine Geisterstadt und wurde zeitweise als Nachfolge-ort für den legendären »Rock am Ring« gehandelt – die Joint Headquarters in Mönchengladbach. Erfahren Sie in anschaulichen Reportagen Wissenswertes über das, was in diesem ungewöhnlichen Garnisons-stadtteil Mönchengladbachs passierte, und lesen Sie in mehreren Kurzgeschichten, was dort vielleicht noch hätte passieren können, aber (oft zum Glück) nicht passiert ist. In der umfangreichen Geschichte »Alternative Null« entwirft das Autorenpaar eine düstere Zukunftsvision vom JHQ, die an vielen Schau-plätzen mit Wiedererkennungseffekt spielt.

»Super spannend geschrieben!«
Lena Sapper, TV-Journalistin CityVision

Kreatives Schreiben lernen

**Praxiskurse auf Hochschulniveau
mit Ansgar und Nadine Fabri**

- Kreativitätstechniken anwenden
- Aus Ideen systematisch einen Plot erstellen
- faszinierende Figuren entwickeln
- Spannung aufbauen und maximieren
- treffend und anschaulich formulieren
- dynamische Dialoge schreiben
- ein Schreibprojekt starten und fertigstellen
- Schreibblockaden überwinden
- Textüberarbeitung und mit Alpha- und Betalesern arbeiten
- fit für den Roman-Schreib-Marathon »National Novel Writing Month«(NaNoWriMo)
- Crashkurs publizieren - mit oder ohne Verlag

Die Kurse finden bei verschiedenen Institutionen oder online statt.

Weitere Informationen zu Publikationen, Projekten und Lehrtätigkeiten auf:
www.fabri-k.de